2
隣国から来た嫁が可愛すぎてどうしよう。
冬熊と呼ばれる俺のご褒美は
プール付き別荘!?
さくら青嵐
[イラスト] 桑島黎音
JN114027

「想像していたのと違う！！！！！！」

Contents

隣国から来た嫁が可愛すぎてどうしよう。2
冬熊と呼ばれる俺のご褒美はプール付き別荘!?

さくら青嵐

PASH!文庫

イラスト　桑島黎音

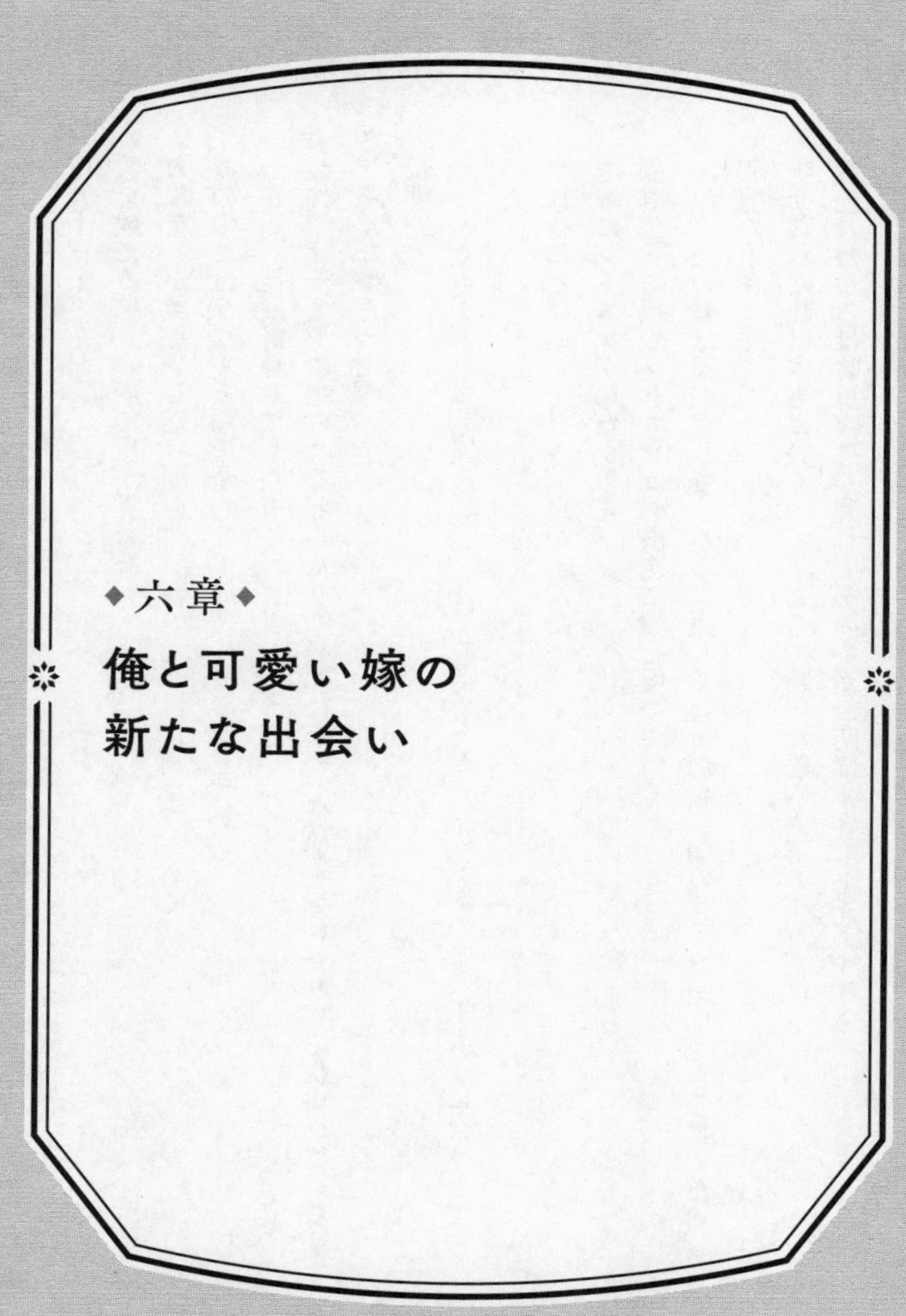

◆六章◆

俺と可愛い嫁の新たな出会い

「百五十三……」

数を数える自分の声で目が覚めた。

カーテンが風で少しだけ開いて、朝の光が目に刺さりうめく。

夢の中ではラウルと額(ひたい)を合わせて旅費の計算をしていた。

しかし、何度計算しても百五十三ダリン足りない。

これでは王太子に叱られるとふたりで必死になって算盤を弾いたり、紙に書いて計算する、そんな夢だった。

最悪だ。

せっかく王太子の護衛が終わったばかりだというのに、夢でまた王太子に会うところだった。

やれやれと寝返りを打ち、息を呑んだ。

そこにシトエンがいたからだ。

右頬を下にしてシトエンは羽根枕に顔を埋(うず)めている。

銀色の長い髪は緩く束ねてうしろに流しているから、顔のラインがはっきり見えた。

卵型の小さな顔。

伏せられた睫(まつげ)は本当に長くって、まるで精巧な磁器人形(ビスクドール)のようだ。

桃色の唇からは時折寝息が漏れ、その姿が無防備すぎてドキドキする。

今は閉じられているが、紫水晶のような瞳が印象的な美しい娘。

というか、俺の可愛い妻。

ナイトウェアからのぞくデコルテや細くしなやかな腕は、きめ細やかで白い。窓から差し込む朝日を浴びて潤いを増したようにさえ見えた。

すやすやと眠るシトエンの胸が呼吸に合わせてゆっくりと上下する。

今は見えないが、ナイトウェアの下には竜紋(りゅうもん)が隠れている。

竜紋はタニア王国の王族にしか施されない印。

桜の花びらのような小さなそれは、シトエンの胸の中央……というより、右胸のふくらみ寄りにある。

もちろん、俺はそれを見たことがある。

夫だから！

見たことがあるし、なんなら触れたことも、その竜紋に口づけたこともある。

夫だからな!!

だけど。

初夜以来、見ていない……。

思わずうめきたくなり、身体を起こして頭を抱えた。

「う……ぅん」

俺が動いたからだろう。

シトエンが小さく声を漏らして身じろぎをする。

その拍子にナイトウェアがちょっとはだけて……なんていうか、胸元が少々こう……。

谷間がね……。こう、見えて……。

いや、見えていない！　見てないぞ！　見えそうなだけ‼

慌ててキルトケットを掴み、シトエンの肩まで覆って「やれやれ」と思ったものの。

え、ちょ……待っ……。

俺、夫だから別に見てもいいんじゃないか？　むしろ眼福って眺めてもよかったのでは。

「ぐは……」

両手で顔を覆ってうめく。

なにやってんだか。

今朝だけじゃない。昨晩もだ。

初夜以降、バタバタしていてこうやって一緒に眠れたのが実は半月ぶり。

結婚してそれで終わりってわけじゃなく、俺は事務処理や王太子を手伝って賓客の送迎や接待。シトエンはシトエンで、王妃である母上を手伝って接待だの御礼状だの社交界での挨拶だのがあった。

夜はどちらかの帰りが遅く、顔を合わせて会話をするのは朝食の席か、王宮で互いに賓客を交えて、みたいな感じだった。

極めつけは王太子の護衛だ。

そろそろゆっくりできるかなと思っていた矢先、王太子が辺境へ視察に行くことになり、その護衛を俺の騎士団が命じられて……。

公務。

そうだよ、これは公務だよ。

だけど、新婚に外泊付きの出張を命じるか⁉

そりゃ王太子のところはいいよ、もう結婚して何年か経つし、そもそもあんたらは幼馴染で同じ屋敷で育ってるからな！

だがうちは違う！

出会ってまだ一年も経っていないし、ベッドを共にしたのだって、共にしただけのほうが回数多いからな！

これから心も体も距離を縮めようと思っていた矢先。

公務……。

こぉぉむぅぅぅぅ。

あんたひとりで行けよ！　と言いたいのは必死で堪えた。

だって、これは仕事。

仕事を疎かにしたら王族の意味がない。そんなの俺だってわかっている。

だから視察の移動は最高速度に設定した。

俺の指揮系統のもと、騎士団は一丸になって馬を飛ばした。馬車に乗っていた王太子は激しく揺られ、乗り物酔いで嘔吐したらしい。

王太子はもともと仕事のできる男だから、乗り物酔いが酷かろうが、睡眠時間が極端に削られようが、視察自体は問題なく執り行った。

そしてまた、王太子に嘔吐用の桶を手渡して馬を飛ばし、王都に戻ってきた。

……のだけれど。

視察六日目の昼頃に屋敷へ戻る予定だったから、五日目の深夜に到着すれば当然シトエンはベッドに入って寝息を立てていた。

起こそうかな、と思ったんだよ。ちょっとだけ。

戻ってきたよシトエンって肩を揺すってさ。まぶたにキスなんてして。

そしたら目を覚ましたシトエンが「おかえりなさい」とか言ってくれて。

そんな彼女と朝までいろいろこう……。な？　熱い夜を過ごすのもいいかな、と。

だけど、すやすやと安心しきって眠っているシトエンを見たら、起こすのも可哀想になってきた。

シトエンはシトエンで公務を頑張っているわけで。

言語も違うし出会って数日の人たちに囲まれて生活しているわけだし。

そんなの絶対に俺より疲れているじゃないか。

夜ぐらいゆっくり眠らせてあげたい。

そんなことを考えて、俺は彼女の隣で眠り、朝方の夢で目を覚ましたのだった。

「あ……。サリュ王子……？」

少し寝ぼけた声で名前を呼ばれた。

「深夜に戻ったんだ」

言い訳がましい口調になってしまったのはなんでだろう。

ただいまとか、おはようとか。なんなら会いたかったと言えばよかったと、口にしてから悔やむ。

「ごめんなさい、わたしったら……」

もぞもぞと身体を起こそうとするのだけど、シトエンはわりと朝が弱いんだよな。

起きてすぐに動けないし、無理やり動こうとしたら顔が真っ青になる。

「いいよ、まだ寝てて」

慌てて押しとどめた。

そのときに触れた肩が本当に華奢で、そっと、そっと、と自分に言い聞かせる。

それでも初夜のときは理性がふっとびそうで、シトエンが壊れないか本当に不安になったのを思い出し、ひとり顔を熱くする。

やばいやばい、とそっぽを向いたら、軽やかで甘い声が鼓膜を撫でた。

「おかえりなさい、サリュ王子。ご無事で安心しました」

声にいざなわれるようにして目を向けると、キルトケットにくるまったシトエンが俺を見てほほ笑んでいる。

「あ……。うん」

多分、呆けたようにしばらく彼女に見とれていたと思う。

だから全然まともな返事ができなかった。

改めて思うんだが。

やっべえええええよ！　くっそ可愛いぃぃぃ!!

俺の嫁、めちゃくちゃ可愛い！！！！

なに、この可愛さ!!　他の女がどうだか知らんが、起きてすぐ可愛いものなのか!?

いや、そんなことあるわけない！

違うだろう!!

シトエンだけだろ、こんなに可愛いの！！！！

やべえええええ……俺、超絶に幸せ者じゃないか!?

聞いて！

国中のみんな、聞いて!! 寝起きまで可愛すぎるこの娘の夫、俺ぇぇぇぇ!!!!!!

俺ぇぇえええええええ!!!!!!!

「どうかされました?」

「ど、どうもしませんっ」

きょとんとした顔で尋ねられ、慌てて首を横に振る。

その動きが面白かったのか、ふふふふ、とシトエンは口元を隠して笑った。

「笑うと可愛い……っ」

しまった、心の声が漏れた!

あわわわわ、と盛大に狼狽(うろた)えていたら、シトエンが目をまんまるに見開いたまま、耳まで真っ赤になってキルトケットにもぐりこんでしまった。

「ご……ごめんなさい。寝起きで化粧もしてなくて……。みっともない顔でしたよね」

くぐもった声が聞こえたので焦る。

な、なんでっ! ほめたのに……っ。

あ、そうか!

寝起きの顔はそうでもないけど笑うと可愛いって意味にとらえたのか!?

「ち、ちちちちち、違う、シトエン!」

キルトケットをめくって俺ももぐりこむ。

「ひゃあ！」

キルトケットの中では、シトエンが息を止めて水にもぐりこんだみたいな格好で丸まっていて。

俺がいきなり入ってきたからびっくりして声を上げたのだけど、俺は構わずに言い切る。

「言い間違えた！　シトエンは寝起きも可愛いし笑っても可愛いし、いつでも可愛い!!」

シトエンはしばらく硬直していたものの、やっぱり頬を桃色に染めたまま今度は照れたように笑った。

「サリュ王子は、いつ見てもカッコいいです」

キルトケットにふたりでもぐりこんでいるからだけじゃなく、体中が熱くなる。

俺は腕をシトエンに伸ばす。

その動きは自分でも嫌になるぐらいぎこちなかったのだけど、シトエンは逃げもせず嫌な顔もせずに待ってくれた。

腰を捕らえ、引き寄せる。

腕に囲うと、久しぶりに彼女の香りがした。

甘く、すっきりとした香り。不思議とこの香りは冬の辺境を思い出させる。

なぜだろう、とさらにシトエンを引き寄せ、その首元に顔を埋める。深く息を吸うと、くすぐったいのかシトエンが少しだけ甘えたような声を漏らした。

「ああ……、そうだ」

スイセンの香りに似ている。

茎も葉も細いのに、雪を割って冬の終わりを告げる。

そんなスイセンを見るたび、俺も団員たちも嬉しくなるのだ。

任務明けだ、春は近いと。

「どうしましたか？」

シトエンがわずかに身を離し、俺の顔を覗き込む。

キルトケットが室内の光を遮っているから、彼女の顔や体の輪郭が淡くとろけている。

「まだ、ただいまを言ってなかったと思って」

俺が笑うと、シトエンもほほ笑んだ。

「そうでしたか？」

そう言ってシトエンはまた俺に少し近づき、額にキスをしてくれる。

目の前には彼女の白い喉がある。気づけば口づけをし、シトエンの腰をさらに抱きしめた。

「あ」

驚きを含んだ声がシトエンの口から漏れるのを聞きながら、俺は彼女の喉から鎖骨、胸元にキスを落とし続ける。

「あ……、あの……。……っん。サリュ王子」

戸惑ったような、だけど甘さを含んだ声に、どんどん俺の腕も身体も熱くなる。

シトエンのナイトウェアの肩口に指をかけ、引き下ろそうとしたとき——。

「おはようございます、坊ちゃま。シトエン奥様」

コンコンコンと律義に三回ノックが鳴り、これまた久しぶりに聞く執事長の声が扉越しに聞こえてきた。

「……サリュ王子。執事長ですよ」

俺が返事をしないからだろう。くすくすとシトエンが俺を呼ぶ。

「おはようございます、坊ちゃま。シトエン奥様」

さらに執事長の声が追い打ちをかけるが、俺はシトエンの胸に顔を押し付けたまま動かない。

動くものか！　聞こえないっ。俺は聞こえていないぞ!!!!

「お　は　よ　う　ご　ざ　い　ま　す　！」

だが、一息ごとに発声した執事長が俺を追い詰める。

嫌だ！　新婚早々離ればなれになってたんだぞ！　我慢に我慢を重ねた末の朝なのに
……っ！　まだシトエンとベッドにいる！　俺にはその権利があるはずだ！

俺は絶対に寝室を出ないぞ!!

「団長！　起きてください！　このあとのすべてが滞るんですからっ！」

くそ、ラウルまで来てやがった。

なんだよ、お前！　まずは計算を合わせてから来いよ！　……あ。これは夢の話か。

「サリュ王子、起きましょう。ね？」

シトエンが笑っている。

「………くそっ」

つい舌打ちしてキルトケットをはねあげる。

「なんだよ！　昨日深夜に帰って来たんだぞ!!」

反撃を試みると、扉越しに執事長が応じた。

「王太子殿下がお呼びでございます。シトエン奥様とともに来るように、とのことでございました」

「王太子が？」

思わず俺とシトエンは顔を見合わせた。

俺だけならともかく、シトエンも一緒とはどういうことだ？

数時間後。

俺とシトエンは並んで王太子の執務室の前に立っていた。ラウルは屋敷前で待機。衛兵が声を上げて訪いを告げると「入れ」と短い返事が聞こえた。すぐに衛兵が扉を開けてくれるから、シトエンを伴って中に入る。

ふわり、と風が吹いて王太子の背後にある紗のカーテンが揺れた。

王太子は書類に視線を落としてサラサラとサインをしている。すでに決裁書入れには山と書類が積まれていた。

思わず苦笑いする。

この文書量だ。多分、俺がベッドで「起きない！」とごねていたときにはすでに仕事をしていたのだろう。

「よし。これを持って陛下のところへ」

王太子は決裁書類箱を手に取り、待機している文官に渡した。

文官は恭しく受け取ると、俺たちにきっちりと礼をして部屋を出た。

「昨日はご苦労。早速呼び出して悪かったな」

「王太子こそお疲れ様です」

「実はルミナス王国とタニア王国から手紙が来た」

王太子は前置きもなく切り出す。

「ルミナスと」

「タニアですか」

俺とシトエンが交互に尋ねると、王太子は無表情のまま引き出しから二通の手紙を出した。

一通は封書。もうひとつは巻物だ。

「ルミナスは……この前、使者が来ていましたね」

王太子と一緒に挨拶をしたから覚えている。

打ち合わせには出席していないから内容までは知らないが、なにかあったのだろうか。

「タニアからなにかございましたか？　あいにくわたしは父からなにも聞いてはいないのですが……」

不安そうなシトエンの背中に手を添え、王太子の執務机に近づいた。

封書にはルミナス王家の封蝋、巻物の裏張りにはタニア王国が神と仰ぐ竜が描かれていた。

「シトエンの婚約破棄に伴う石炭及び鉱物の輸出停止はまだ続いているようで、ルミナス王国はなんとしてもこれを解除してもらいたいらしい」

はん、と王太子はつまらなそうに鼻を鳴らす。

「あの国はタニア王国ほどではないにしても寒い。越冬が厳しいのだろう。今回の件は不意打ちをくらったようなものだから、石炭の備蓄がそこまでないのかもしれない」

そういえば、ルミナス王国の王族が描かれた肖像画は、動物の毛皮をどどーんと縫い付けた赤いマントをまとったものが多い。

ルミナス王国から嫁いできた母上も、「ティドロスはあまり雪が降らないのねぇ」と冬によく言っていた。

「タニア王の赦しを得ようと何度も使者を送り、うちにも仲介してくれと来ていたが……。どうやら、タニア王が『シトエンに正式に謝罪するならば』と言ってきたらしい」

そう言って王太子は、まず巻物を机の上に広げた。

そこには達筆なタニア文字がつづられていて……。

「ごめん、シトエン。俺、タニア語は少し喋れるけど文字は……」

小声で告げると、彼女は頷いて読み上げてくれた。

それは王太子の説明を裏付けるような内容であり、かつ『ルミナス王国を許してやってもいいが、竜紋を持つ娘への侮辱は取り消してもらわねばならん』ということが書かれており、『ルミナス王国がシトエンに公式に謝るのであれば、許してやってもよい』というように締めくくられていた。

「で、ルミナス王国からだ」

今度は封書から便箋を取り出し、王太子が机に広げた。

ルミナス王国からの手紙には、『このたびは本当に申し訳ない。タニア王の御前でシトエン妃に正式に謝罪をしたい。ついては忙しいとは思うがどうかタニア王国まで来てもらえないだろうか。もちろん、それに関わる費用やルート作成についてはこちらが受け持つので』という意味のことが書かれていた。

「タニア王国で謝罪の場を作る場合、どうしてもルミナス王国を通らねばならない。その旅程や通行許可証、宿泊場所についてもルミナスがすべて手配するらしい。どうだ、サリュ。シトエンの護衛を兼ねてタニア王国まで行ってもらえないか？　謝罪式までは公務だが、その後は私的旅行で構わん。タニア王国でゆっくりしてくればいい」

「もちろんです。行きます」

王太子の提案に即座に返事をする。

「あの……でしたら、わたしが公務としてひとりで参ります。タニア王国にいる父にお願いして警護の兵や道中の支度などを手配してもらうというのはいかがでしょう。王太子やサリュ王子のお手をわずらわせるなど」

恐縮しきりとばかりにシトエンが首を横に振った。

「もともとは、タニア王国とルミナス王国のことです。ティドロス王国を巻き込むことなど。謝罪式が終わり次第、すぐに戻りますので」

「だが今はサリュと結婚し、ティドロス王家の人間ではないか。我々の身内だろう？　親族が関わることは、我々にも関わりのあることだ」

きっぱりと王太子が言い切る。俺もぶんぶんと首を縦に振った。

「遠慮することはないさ、シトエン。俺と一緒にタニア王国に行こう。ついでといってはあれだけど、タニア王国でのんびりして来よう」

謝罪もそうだが、シトエンにゆっくり里帰りさせたかった。

シトエンは約二年前に婚約のためルミナス王国に入ったけれど、その後婚約式で衆人環視の下、一方的に婚約を破棄される。

そこを『あらあら、じゃあうちがいただいちゃいましょう♡』とばかりに母上がシトエン獲得に走り、現在俺の妻になった。

婚約破棄後は一時帰国したものの、それもタニア王の指示を仰ぐためで、友人と会ったりゆっくり実家で過ごすなんてこともなかっただろう。

「それはそうですが、わたしは望んでこの地にいるのです。サリュ王子の妻として」

サリュ王子の妻。

シトエンの口から聞くとこれ……顔がにやけそうになる。

いかんいかん。しゃきっとしろ、俺。

「俺もシトエンが……自分の妻がどんなところで生まれ育ったのか見てみたい。一緒に行ったら、だめか？」

腰を屈め、シトエンの顔を覗き込んで尋ねると、彼女は顔を真っ赤にして「いえ……それは」と口ごもる。

「タニア王国で羽を伸ばすのが心苦しいというのであれば、謝罪式の帰途、ティドロス王国内にあるわたしの別荘を貸してやろう。あれは辺境にあるしな。帰りはそこにしばらく逗留するといい。お前たち、新婚旅行もまだだろう？」

王太子が机に頬杖をついてシトエンを見た。

「別荘もここ数年使っていないから風を通したい。お前たちが使ってくれるとわたしが助かるんだが、どうだろう」

「えっと……では、その、サリュ王子がよろしければ……」

ここまで言われては、ということだろう。

俺は力強く首を縦に振る。

「もちろん！　一緒にタニア王国へ行こう！」

やれやれ、とばかりに王太子は肩をすくめ、「そうだ」と俺を見た。

「あの別荘、山の中だがプールはあるし、二階から見える夜景はなかなかのものだ。池には確かきれいな魚もいる」

プ、プール⁉

プールだと⁉　王太子‼

なんて提案をしてくれるんだ、王太子‼

プールということは、み……水着っ‼

シトエンが水着を……っ‼

水着のシトエン‼

シトエンが水着……っ⁉

脳内ではすでに水をパチャパチャさせながら微笑むシトエンが、『サリュ王子、早く一緒に遊びましょう』と俺を誘っている映像が巡っているのだが。

ふと気づく。

脳内に巡るこの映像。……解像度が悪いぞ。

いや、俺だってシトエンの身体というか裸は見たことがある！

寝室で……その、そういったことをしたときに見たことがある‼

夫だからな！

でも見たっていってもなんかこう……夜だし、薄暗いからこう……。明瞭に見えたかというとなんか違う。

どちらかというと肌触りとかぬくもりとか、そっちのほうが鮮明だったりする。

悲しいことにその機会だって初夜の一度きりだ。

だけど水着ということは……。

水着ってことはあれだろう⁉

明るく陽の光がさんさんと降り注ぐプールにシトエンがいるってことだろう!!

もちろんそのシトエンは肌が露出しているわけで!!!!

シトエンの細くてしなやかな腕や脚、豊かな胸とかがこう……陽の光にさらされてはっきりくっきりありありありと見えるってことじゃないか!!!!

なんてことだ、なんて素晴らしいイベントなんだ――――!!!!

「サリュ王子！　鼻血、鼻血っ！」

「なにをやっているんだ、お前は」

気づけば鼻血が出ていた。

俺は鼻を押さえて「し、失礼しますっ！」と慌ただしく執務室を飛び出し、屋敷の前で待機していたラウルからは白い目で見られた……。

数日後。ルミナス王国では、宰相が直立不動で敬愛すべきノイエ王を見ていた。

ルミナス王国の国王であり、カラバン連合王国代表のノイエ王は、絹で裏打ちされた巻物に無言で視線を走らせている。

待ちに待った、タニア王国からの返書だ。

重厚な樫製の執務机を挟み、黙って控えている宰相は目を伏せる。

（ずいぶんとおやつれになられた……）

無理からぬことだ。

ルミナス王国の王太子アリオスが婚約を一方的に破棄してからこちら、常にその尻拭いに追われている。

五つの王国からなるカラバン連合王国は結束を固めるため、しばしば連合王国内の王族同士で婚姻を結ぶ。

このたび、アリオスと婚約を交わそうとしていたのは、タニア王国王族のひとりであるシトエン・バリモアだった。

その婚約式で、あろうことかアリオスは何の断りもなく婚約破棄を宣言し、自分の恋人であるメイルを新たに婚約者として迎えようとしたのだ。

当然、タニア王国の国王は激怒。ルミナス王国への石炭を含む鉱産物の輸出を停止させた。

ルミナス王国としてはなんとかことを穏便に収めようとしたのだが、タニア王の怒りは一向に収まらない。

冷ややかに見守る他の連合王国からの評判も散々だった。

『あの古豪の国に対してなんと無礼な』

『連合の枠組みをなんと考えているのか』

厳しい言葉がルミナス王家に向けられる。

シトエンを取り戻そうにも、彼女は婚約破棄のその場でティドロス王国の王妃が即座に名乗り出て、「我が子である第三王子の正妻に」と迎え入れてしまった。

そんなルミナス王国をあざ笑うように、その後に聞こえてくるシトエンの評判は華々しいものばかりだ。

夫であるサリュ・エル・ティドロスからは溺愛されており、彼が率いる騎士団の団員たちは女神のように崇めていると聞く。

近隣国から付き合いが難しいと言われる王妃からの覚えもめでたく、王太子妃とは実の姉妹のように仲が良いとか。

さらにはサリュの親友、ヴァンデル・シーン卿の長年の不調を解明して快癒させ、彼の領地にて発生した病をたちどころに治したとのこと。

舅であるティドロス国王は「このような素晴らしい姫との婚姻が結べたこと、本当に感謝します」と改めてタニア国王に礼を述べ、タニア王国にも利となる貿易を持ちかけたらしい。

(本来であれば、その栄誉も国益も我が国が手にするはずだったのに……)

宰相は奥歯を噛み締め、斜め前に控えているアリオスの背中に鋭い視線を向ける。

母譲りの端整な顔と、父に似た引き締まった体躯。

頭脳明晰で、誰からも愛された我が国の王太子。

こいつが婚約破棄などしなければ。

(だが、起こってしまったことを悔やんでも仕方がない。手は打ったのだ)

このままではシトエンを介し、タニア王国とティドロス王国の関係が強固となる。

そのため、宰相はルミナス王国で主に暗殺を請け負う集団である〝清掃人〟たちにシトエン暗殺を命じた。

だが、サリュにすべて妨害されてきた。

さすが冬の辺境を守る〝ティドロスの冬熊〟と名高い男だ。隙がない。

「父上。タニア王はなんと……」

焦れたのか、それともノイエが読み終わったと判断したのか。アリオスがそっと声をかける。

「正式にシトエン妃に謝罪をするのであれば、輸出を再開する、と」

ノイエは巻物を机の上に置き、目頭を指で揉んで、ほぅと重い息を吐く。

アリオスがこわばらせていた表情を緩める。

「今まで返事もいただけなかったのです。これは僥倖」

その元凶を作ったお前が言うな、と宰相はその頬を張り飛ばしたい衝動に駆られた。

「タニア王の気が変わらぬうちに謝罪の場を……」

「タニア王の気が変わらぬうちにではございません。今すぐに、でございます」

アリオスの語尾を食いちぎり、宰相は声を発した。

だが、表情にも態度にも烈火のごとき怒りはにじませない。

「そうだ、その通りだ」

ノイエが深く頷く。

鉱物資源だけならばなんとか持ちこたえられるが、そこに石炭が含まれていたことにノイエも宰相も震えあがっていた。

「……このままでは我が国は冬を越せない」

ノイエの声は重く室内に響いた。

もちろん、備蓄はある。王家の石炭を民のために放出してもいい。

だが、それでも足らない。

連合という枠組みを使ってタニア王国以外の国から融通してもらう案もあったが、他の三王国は傍観を決め込んでいる。タニア王の怒りが飛び火することが恐ろしいのだろう。

このまま進展がなければ、越冬するために民が薪用に多くの木を倒し、冬前に草を刈りつくすかもしれない。

そしてそれが今後、どんな事態を引き起こすかは想像もできない。

なんとしてもタニア王の怒りを解き、冬までに貿易を再開させねばならないのだ。

「もとはといえば、わたしが引き起こしたこと。シトエンに謝りにまいります」

アリオスが切迫した声を発する。

「……そうだな、それがよかろう」

ノイエは重々しい息を再び吐いた。

「タニアもティドロスも義を尊重する。心から謝罪すれば最悪の事態は免れるやもしれん」

ちらり、とノイエが視線を宰相に向けた。

顎を引くようにして宰相は無言で頷く。

ルミナス王国は、タニア王国と大国ティドロス王国に挟まれるようにして存在している。

ルミナス王国もタニア王国もカラバン連合王国というくくりの中にいる。いかに大国とはいえ、ティドロス王国が正面を切って戦いを挑むことはないだろう。そんなことをすれば、他の国が黙っていない。

だが、タニア王国がティドロス王国の国力や武力を背景に、ルミナス王国に圧力をかけてくることは今後ありうる。

ノイエの言う、最悪の事態、とはそのことだろう。

だからこそルミナス王家は、折を見てティドロス王家と婚姻を結んできた。

実際、現ティドロス王妃はノイエの遠縁にあたる。

しかしティドロス王国は今や、そんな家系図をたどるような血縁関係しかないルミナス王国よりも、シトエン・バリモアという才媛を楔としたタニア王国との結びつきを深めている。

(竜紋を授けられた娘がティドロスにいるなど……許せん。この国に栄華をもたらすため、あの娘はルミナス王国に来るはずだった。どれだけのカネと時間を費やして王子との婚約までこぎつけたと思っているのか……っ)

胸に噴き上がる怒りを必死で押し隠す。

建国に竜が関わるタニア王国。

王族の中でも特別な者にしか許されない竜紋。

それを授けられた娘をあと一歩で迎え入れることができたというのに。

(竜紋の価値も存在意義も知らぬであろうティドロス王国に奪われてしまった!)

宰相は奥歯を噛み締める。

「宰相、至急タニア王への親書を用意する。シトエン妃へ正式に謝罪する場を設けることと、その場に王太子を遣わすことを明記したいと思う」

「かしこまりました」

宰相は頭を下げる。若干声が震えたが誰にも気づかれなかったようだ。

ノイエはその瞳を息子に向けた。

「アリオス、心を込めて謝るのだ」

「肝に銘じます。このたびは、わたしの軽率な行動で国を危うくさせてしまい、本当に申し訳なく思っております」

深々と頭を下げるアリオスを見て、宰相は吐息を漏らした。

（あの結婚式がよほど堪えたのだな）

自分の息子の頭の中がお花畑状態であり、呆れるほど世間知らずだと分かったノイエは、自分のしでかしたことがどのようなことなのか身をもって知れと、ティドロス王国で挙行された結婚式にアリオスとメイルを送り出した。

結果、アリオスは変わった。

自分の気持ちに忠実であろうとするよりも、国に対して誠意を示そうとした。

社交には楽しみに行くのではなく、貴族たちの人間関係やパワーバランスを見極めるために行くようになった。

なにより、妃には最低限の条件があり、それが達せられないのであれば努力や勤勉さが求められることも理解した。

この王太子は、まだ育てられる。

宮廷や王の親族たちは胸を撫でおろし、王太子が望むことには惜しみなく協力の手を差しのべた。

アリオスは国難を引き起こしはしたが、血族の結束を強めるという結果を生み出せたようだ。

(だが、やはりシトエンの存在は厄介だ。ティドロス王家が竜紋の秘密に気づくまでになんとかせねば)

宰相は控えめながら、そっと執務机の前へ一歩踏み出す。

「僭越ながら、タニア王国との交渉事、このわたくしめにお任せいただけますでしょうか」

「もちろんだ、宰相。今そのことを頼もうと思っていたところだ」

ノイエが立ち上がると、宰相はさらに腰を深く折った。

「では、陛下の御心に添えますよう、精一杯尽力いたします」

我が国のものにならないのであれば、誰のものにもならないようにせねば。この、ルミナス王国のために。

そのためには……。

「宰相」

アリオスから声がかかり、宰相は顔を上げて彼を見た。

「なんでございましょう」

「わたしが引き起こしたことだ。わたしが対処をする」

緊張した表情をアリオスはしている。

宰相は、にっこりと微笑んで見せた。

「なんと頼もしい。この宰相、深く深く感じ入って言葉もございません」

再び頭を下げながらも、アリオスの言葉をあっさりと聞き流し、別事を考える。

(清掃人の中にいるあの姉妹がいい。あれを使おう。ふたりとも組織から抜けたがっていると聞いた。抜ける条件として、シトエン殺害を命じれば必死にやるだろう。女なら、あの忌々(いまいま)しいティドロスの冬熊も籠絡できるやもしれん。それに、シトエンも同性なら心を許すだろう。妹を組織から逃がすためなら、あの姉は命をかけてなんでもしそうだ)

そうだ、それがいいと宰相はほくそ笑んだ。

一カ月後。

ルミナス王国から正式な案内状と国内通行許可証が届けられ、俺とシトエン、それから護衛強化のため、俺の騎士団はタニア王国に向かった。

タニア王国に向かうには、ルミナス王国を必ず横断する形になるのだが、国境に入ったところで待機していた案内の騎士が宿泊地まで同行してくれるため、道に迷うとか野宿するといった予定外のことは今のところなにも起こっていない。

起こっていないが……。

「はあああああああああ……」

俺は大きくため息をつき、馬上でがっくりと肩を落とす。

「しっかりしてくださいよ団長。王太子殿下からも『行きは公務だからな』って言われたんでしょう？」

ちらと顔を向けると、馬首を並べているラウルが呆れたようにこっちを見ていた。

「わかっている。わかっているけど……。結婚してからシトエンとこんなに一緒にいることもないのにさ。移動は別、宿泊先の寝室も別って」

ガラガラガラとシトエンとイートンを乗せた馬車の車輪の音が派手に響く。

徐々に山道に差し掛かっているから、道路の状態が悪い。

「公務が終わるまでは、寝室は別にしろと王太子殿下からしかと申し付けられていますから」

お前は俺の味方だと思っていたのに……。

「一緒に馬車に乗ったらどうですか。それならシトエン妃と楽しく話しながら移動できるでしょう」

ラウルが言い、まるで同意したようにやつの黒毛の馬がブフフンと鼻を鳴らして首を縦に振った。

「団長の愛馬ならぼくが曳いていきますよ」

「シトエンはイートンと話してるんだよ」

当初、馬車に乗ってはみたものの、思いのほかずっとイートンがシトエンに話しかける。『まあ、もうルミナスですよ、お嬢様！　懐かしいというか……この国ではいろいろありましたね』と、ルミナス王国での出来事をしみじみと語る。

そうかと思えば『タニア王国に戻ったら料理が楽しみですね！』とか『王太子殿下がおっしゃっているプール付きの別荘ではぜひのんびりお過ごしくださいね』なんてはしゃいだりもしていた。

シトエンもルミナス王国でのことについては神妙な顔をしていたものの、話題がタニア王国や公務後の別荘の話になるとにこにこして『そうですね』と頷いた。とはいえ、基本的に傾聴モード。イートンのひとり舞台状態だ。

「まぁでも……。王都を出てから順調でなによりですよ」

うんうん、とラウルが頷く。

俺も「まぁな」と同意した。

王都からルミナス王国に入るまで約五日。

そこから街道を走り続けて五日。

今、先頭集団が入っていくのは峠道だ。

ここを抜けると、タニア王国の国境は目と鼻の先。

夕日が濃い橙色の光で周囲を染めながら、山へ沈んでいく。

「しかしあれですよね。ルミナスも太っ腹、というか」

ラウルが先頭のルミナスの騎士へと視線を向けながら肩を竦(すく)める。団服の飾緒(しょくしょ)が馬の動きに合わせて軽やかに揺れていた。

「街道からなにから、こうやって使わせてくれるんですから」

「それぐらい切羽詰まってんだろう。それに」

俺はラウルとは逆に背後へ視線を向け、行列の中ほどで騎馬隊に囲まれている馬車を見た。

「婚約破棄されたとはいえ、シトエンは二年間ルミナス王国で暮らしたんだ。今更隠したところで」

街道や道路は戦時では重要機密となる。

他国の王族をこうして堂々と国内に入れ、道路状況やその周辺を見せるのはあまりやりたくないことに違いない。

『道に迷うといけませんから』と、宿泊地までルミナス王国の騎士が同行するのは、体(てい)のいい見張りだ。俺たちが横道に逸れて国内を探らないよう気を配っているはずだ。

だからわざと景気の良い都市部を通ったり、風光明媚で有名な道を使ったりしているのだろうが……。

それでも、商店が立ち並ぶ街道で出会った商人たちの顔にはどこか不安の色が滲んでいた。

都市部から離れて田園地帯に入ると、小麦はすでに刈り取ったあとのようで、本来であれば収穫祭に向けて華やぐ時節だろうに、農民たちの表情にも陰りが見られる。

それは来るべき冬に対しての警戒なのかもしれない。

「そんなことよりさっさとシトエンに詫びを入れて、国民総出で冬支度をしたいってところじゃないか？」

俺が言うと、ラウルは皮肉げに笑った。

「身から出た錆でしょうに」

それを言ってしまえば身も蓋もない。

「団長！」

俺とラウルの馬が坂道に差し掛かった辺りで、前方から単騎、団員が駆けてきた。

「どうした！」

血相を変えたその様子に、俺より先にラウルが警戒の声を上げる。

「この先で商人の荷馬車が賊に襲われています！　先導のルミナスの騎士たちが捕らえよ

う と立ち向かっていますが、いかがしますか!?」

「止まれ！　全体、止まれ！」

ラウルが馬首をめぐらせて後方に向かって怒鳴る。

ドドッと重い馬蹄の音と馬のいななき、車輪の軋む音が響いた。

「いかがするもなにも」

は、と俺は嗤う。

「冬の辺境でやってることと同じだ。賊は退治、それ以外ねぇだろ?」

肩ごしに振り返り、声を張り上げた。

「スレイマン班、ミーレイ班は馬車を護衛！　それ以外は俺について来い！　ルミナスの騎士に後れを取るな！」

拍車を当てた馬が意を汲んだように走り出す。団員たちも抜剣して俺に続く。

どうっと木立が並ぶ小石の多い坂道を愛馬で駆けると、道に影が差し始める。

陽が落ちたわけじゃない。木々が濃く生い茂り、夕陽を遮っているのだ。

さらに馬を走らせると、さっきまでの細い道が嘘のように広い場所に出た。

そこでは二台の幌馬車が互い違いのように止まり、その周辺で戦闘が始まっている。

商人らしき身なりの男たちが剣を振り回してルミナス王国の騎士を追い払おうとしていたり、停まっている幌馬車に手を伸ばしてなにかを探ろうとしていた。

「ティドロス王国第三王子、サリュ。不届き者を制裁する!」

声を張ると、その場にいた全員が一瞬だけ動きを止め、馬上の俺を見た。

そのうちのひとりは目が合うなり、弾かれたように剣を振り上げて向かってきた。

俺は馬上のまま、左手に持った鞭を振り抜き、男が剣を振り下ろすより先に手首を打った。

「ぎゃあ」と男は悲鳴を上げてのた打つ。

その間に馬から降りて鞭を放ると、前から別のひげもじゃ男が抜剣してきた。

しゃがんで一撃をかわし、立ち上がると同時に左の拳を男の腹に打ち込んだ。

拳に男の身体が乗る。ぐ、とさらに一歩踏み込み、前傾姿勢をとった。

そのまま掛け声と共に腕を振り抜くと、男の身体は呆気なくうしろ向きに吹き飛び、仲間と共に地面に倒れ込んだ。

「さあ、次はどいつだ?」

「ふ……冬熊だ。冬眠できない狂い熊……っ。ティドロスの冬熊っ!」

怯えたように叫んだルミナス王国の騎士。

………えっと。

いや、俺とお前、今は仲間だから。

大丈夫大丈夫。攻撃しないよ、お前じゃないよ?と思ったのに、目が合った途端「ひぃ!」

と叫ばれて剣を構えられた。

……見境ない狂い熊じゃないから、俺。

だが、それが合図になったらしい。

商人の格好をした盗賊たちは、大きな布袋を担いで一目散に逃げ出した。

藪に飛び込む者。

どこからか引っ張り出した馬に乗り、駆ける者。

坂道を転がり落ちて行った者。

賊たちがてんでばらばらに逃げるものだから、団員たちは戸惑う。

「団長、どれを追いますか⁉」

普通は数人が殿（しんがり）というか犠牲で残って、あとはまとまって逃げるものだが……。

なんだ、こいつら。そもそも集団じゃないのか？

「ひとまず警戒をしながら被害者の安否を確認しよう。気は抜くなよ。賊の荷馬車をどかせろ」

追って捕まえるのも重要だが、所詮は他国の賊だ。頭（かしら）がいるのか、巣窟はあるのかなんて、俺の知ったことではない。

団員たちは剣を鞘（さや）にしまい、声を掛け合った。

「救助だ！」

「被害者を保護しろ！」

「荷馬車の馬を外せ！」

団員の声にようやくルミナス王国の騎士たちも気が抜けたらしい。へろへろと地面に座り込む。

その様子に苦笑いしながら、俺は馬を失った幌馬車に近づいた。

盗賊どもが馬車を停車させ、馬を逃がすか奪うかしたのだろう。支えを失った轅が上を向き、荷台自体は滑り台みたいに斜めになっている。

さっき賊のひとりが手を突っ込んでいるように見えたあたりには、この幌馬車の被害者の姿はない。

幌の中で縮こまっているのだろうか。

団員たちが藪や山の木立のほうに向かって「もう大丈夫だ。出て来い」と声をかけている間に、俺は幌のうしろ幕をめくった。

内部は薄暗く、かなり広い。

盗まれたのか、売れたのか。荷台はほぼ空っぽだ。

この荷台いっぱいに入る商品を売りさばくぐらいだから、狙われたのはルートを持ったそれなりの商人なのだろう。

「……誰かいるか？」

そっと声をかける。

というのも、濃い血の臭いに混ざって淡い香水の香りがしたからだ。

斜めになった荷台に手をついて上がり、奥のほうを見る。

いた。

ちょうど最奥部。

女がふたりいる。

シトエンより少し年上に見える女が、十代半ばぐらいの娘を抱きかかえ、こちらを睨みつけていた。

腕の中に抱えられた娘と目が合う。

「いやああ！　姉さま！」

途端に悲鳴を上げられ、仰天した。

え、俺、今日ひげ剃ったよな⁉　ひげ、ないよな⁉

昔、辺境警備を終えて宮廷に帰ったとき、ひげもじゃだったもんで淑女に泣かれ、臭い！とまでののしられたことを思い出す。もうトラウマものだよ、あれ。

「さがりなさい！　この子には指一本触れさせないわよ！」

綺麗なタニア語で威嚇された。

片手で幌の柱を掴み、片手で娘を抱えた女が怒鳴る。さっき『姉さま』と呼ばれていた

から、姉なんだろう。

小刻みに震えていると思えば、幌の柱を掴んでいる右腕からは血がとめどなく流れていた。

「怪我してるじゃないか。大丈夫か？」

できるだけ優しく声をかけたのに、妹のほうが姉にしがみついてわんわん泣き始めた。

……へこむ。

激しくへこむ。

「助けに来たんだ。落ち着けって。俺はティドロスの……」

「来るなら噛みついてやる！」

姉は姉で、がんがんに喚いてきた。

こりゃだめだ。

困惑していたら、ばさりと幌をめくってラウルが入ってきた。

「なにしてるんですか、団長」

「いや、被害者……。お、そうだ。お前団服だな」

ちょいと幌をめくり、近くにいた団員を数人集めた。

「な？　みんな団服を着てるだろう？　俺たちはティドロス王国の騎士団だ。たまたまこの場に遭遇したから助けに入ったんだ」

俺はラウルを含めた騎士数人の上着を指差しながら姉妹に説明する。

俺自身はめんどくさいから団服の上着を脱いでいたのだが、それが悪かったに違いない。

きっとそうだ。

顔が怖いとか、身体が無駄にでかすぎるとか、雰囲気がいやらしいとかそんなんじゃなくて、単純に団服を着てなかったから姉妹に警戒されたんだろう。うん、そう思うことにする。

「……ティドロスの、騎士の方ですか」

ようやく姉の声から険が取れた。

「タニアの人ですか?」

小声でラウルが俺に尋ねるから曖昧(あいまい)に頷いた。

「おそらく。初めからタニア語を話していたし……」

「姉さま!」

急に妹のほうが声を上げたと思ったら、ふたりして荷台からずり落ちてきた。

慌てて騎士たちと受け止める。

間近で見ると、姉の傷が酷い。

おまけに失神したのか、妹は立ち上がったが、姉はぐったりと俺の腕の中で動かない。

「これ、まずいな。血が止まっていない」

「姉さま、あたしを庇って……」

妹が俺の腕にしがみついて、またわんわん泣き始める。

こっちもよく見ると傷を負っている。

特に背中。

背を向けて逃げるところを切られたのか、傷は浅いが血が出ている。なにより服が破れてひどい有り様だ。

「おい」

誰か上着、と声をかける前に、さりげなくラウルが自分の上着を脱いで妹の肩に羽織らせた。

……いや、ほんとこいついい男なんだよ。

「とりあえず外に出ましょう」

ラウルに促され、それもそうだと思った。

なにも薄暗い中にいる必要もない。

ラウルが騎士数人に呼びかけて布を地面に広げさせた。

その上に姉を寝かせると、すぐさま妹が駆け寄り、尻をぺたりと地面につけて泣き始めた。

「誰か、止血用の布を持っていないか?」

「持ってます」

騎士のひとりが姉のそばに屈む。

布で傷口を押さえたが、様子を見ていたラウルが顔をしかめた。

「これで止まりますかね。結構傷が深そうですよ。シトエン妃に診ていただいては？」

「まだ賊がいるかもしれないところにシトエンを、か？」

馬車からおろして連れてきて大丈夫か、と多少不安ではある。

そのとき、わっと妹がさらに声を上げて泣き始めた。

周囲の騎士たちも一瞬手を止め、気の毒そうに見ている。中には近づき、なにか慰めの言葉をかけるやつもいた。

「……仕方ない。十分な護衛をつけてシトエンをここに。傷を診てもらいたい者がいると伝えてくれ」

ため息交じりにラウルに伝える。

ラウルは頷いて自分の愛馬の手綱を取り、素早くまたがると来た道を駆けて行った。あとは……。

「おい、この娘たちの連れはどうなっている？」

近くにいる団員に尋ねる。

多分姉妹は商売人なのだろうが、ふたりだけで行商に出たわけではあるまい。

幌馬車が大きすぎるし、なによりふたりの身なりが良い。

外に出て気がついたが、姉の腕には黄金のバックル、妹は首に翡翠のペンダントをつけている。

街に出て商売をしているというよりは、大勢の使用人を抱えている大店の娘といったところだろう。

それなのに使用人が見当たらないのはどういうことだ。賊に襲われてみんな逃げたのか？

「それが、近くを探して呼びかけてみたのですが返事はありません。死体も出てこずです」

「主人を置いてさっさと逃げたか、崖に蹴落とされたかですねぇ」

「あるいは、賊と共謀していたか」

俺は泣きじゃくる妹のほうに近づいた。

地面に膝をつき顔を覗き込むと、小さな悲鳴を上げて横たわる姉にしがみつく。

傷つかない。

これぐらいじゃ傷つかないぞ、俺……っ！

だけどラウル！　早く帰って来てくれ!!

「ちょっとだけ聞きたい。俺のタニア語は通じているか？」

できるだけ優しく、ついでに笑顔を作って話しかけた。

団員たちも集まって来てくれて、片言のタニア語で「怖クナイヨ」「熊ト違ウ。コレ、人」と必死でフォローしてくれたせいか、恐る恐るではあったものの妹は顔を上げて頷いた。

「名前は？」

「……ロゼ。姉はモネ」

頬に伝う涙を手の甲でぬぐい、すん、と鼻を鳴らしてロゼは地面に座りなおす。

大きな目に涙を浮かべたまま、俺を見上げた。

「連れはいないのか？」

尋ねると、また大粒の涙を流して顔をくしゃくしゃにする。

だが、それは悲しいとか怖いというより、悔しいと言いたげなものだった。

「あいつ……っ、エバンズが……っ。山賊と通じていたんだと思う！　だって、いきなり山道で馬車が停まって。てっきり、馬車同士が行き違うためだと思ったのに、急に武器を持った人たちが襲い掛かってきて。使用人たちはみんな逃げちゃうし、エバンズは売り上げを持って逃げて……っ。おまけに、姉さま……」

あとは言葉にならなかった。

しゃくり上げてひたすら泣いている。

俺は団員たちと無言で視線を交わした。

商家の使用人が賊に情報を流し、大きな商談のあとに人気（ひとけ）のないところで襲わせて大金を奪う。

よくあるといえば、ある話だ。

ひっくひっくと泣いているロゼの声に蹄(ひづめ)の音が重なった。

「はい、そこをどいてどいて！」

ラウルが自分の鞍の前にシトエンを乗せ、到着した。

馬の歩みを抑えながら近づいてきたから、俺はシトエンを抱きかかえて鞍からおろす。

「怪我人は？」

シトエンが紫色の瞳で俺を見上げる。

いつものほんわかした雰囲気ではなく、不意に触ったらピリっと静電気でも放ちそうな緊張感を帯びていた。

「この娘たちだ。タニアの商人らしい。横たわっているのが姉のモネ、座っているのが妹のロゼ。賊に襲われたらしいが姉の傷が深く、血が止まらない」

手短に説明すると、シトエンは頷いてロゼの隣に同じように座り、優しく微笑みかける。

「こんにちは。酷い目に遭われましたね。わたしもタニア人です。医薬品があるので……まずはお姉さんの傷を診せてもらってもいいですか？」

同国人で同性ということもあるのだろう。ロゼはすぐに首をぶんぶんと縦に振った。

「あたしを庇って腕に大怪我を！」

ぽろりとまた涙を流すロゼに、シトエンは力づけるように頷くと、横たわるモネを見た。

モネは仰向けに寝ている。

大きな傷があるのは右腕だ。

さっき応急処置的にハンカチを巻いたがうまく止血できておらず、下に敷いている布に血の染みが広がっていた。

「モネさん、大丈夫ですか。モネさん？」

膝立ちになり、シトエンは軽くモネの頬を叩く。

だが、反応がない。

「意識を失ってからどれぐらい経っていますか？」

シトエンは俺に背中を向けたまま尋ねる。その間も、モネの首に指を当てて脈を取ったり、服の上から耳を当てて心臓の音を聞いたりしていた。

「どれぐらい……って。いや、ついさっきだ。そんなに長く気絶してない。これは血が流れすぎたせいか？」

「そうですね……」

シトエンが唸った頃、「お嬢様ー！」と声が聞こえてきた。

振り返ると、シトエンの侍女であるイートンが護衛の騎士と共にやってきている。

護衛の騎士に馬からおろしてもらうと、大きな革鞄を持ってシトエンのそばに近づく。

「医療用のお道具です」

「ありがとう。そこに置いておいて」

シトエンは言いながら、ハンカチをほどいて右腕の傷を診ている。

てっきりすぐに傷の治療をするのかと思ったら、次は比較的傷の浅い左腕の手首を握り、引っ張り上げてモネの顔の上に持っていく。

ちょうど、手で庇(ひさし)を作ったような感じだろうか。

そして、シトエンは手を離した。

ぱたん、とモネの腕は胸に力なく落ちる。

シトエンはそれを数回繰り返した。

やっぱり、モネの腕は人形のようにくてっと胸の上に落ちる。

「なにをしているんでしょう」

ラウルが小声で尋ねてくるが、俺にだってわからない。

「モネさーん！　モネさん！」

シトエンが今度はモネの耳元で大きく名前を呼び、さっきより強めに頬を打った。

「ん……？」

わずかにうめき、モネがまぶたを震わせて目を開く。

「よかった、姉さま！」

ロゼが抱き着こうとしたが、シトエンはそれをやんわりと押しとどめ、俺に目を向けた。

「今から治療をしますからね」

ああ、引き離してほしいってことかな。

「ロゼ。こっちに来い」

俺が声をかけると、渋々といった感じで俺とラウルの間に来た。

「モネさん、初めまして。わたしもタニアの人間です。医術を多少心得ておりますので、傷を触ってもよろしいでしょうか？」

「あの……妹を先に。あの子も、腕と背中に傷を」

切迫した様子でモネが言う。

シトエンは安心させるように頷くと、モネの左手に触れる。

「順番に診ましょう。あなたのほうが傷が酷いですから。申し訳ないですが、服を破いても？」

「ええ」

了承を得ると、シトエンはイートンが持ってきた革の鞄からハサミを取り出し、慣れた手つきで肩から袖を切り取った。

「うわ……」

ラウルが眉根を寄せる。

あらわになった傷はなかなかのものだ。

肩から肘の下辺りまで、ざっくりと縦に傷が入っている。そこからドクドクと赤い血が流れ出し、傷の周辺は腫れ上がっていた。

「傷の状態をよく見るために洗い流したいのですが、水が足りませんね……」

「水を汲んでこようか？」

俺が声をかけると、シトエンは振り返って首を横に振った。

「煮沸(しゃふつ)した水を使いたいのです」

「よく酒とかで消毒するじゃないですか。ワインならありますよ」

ラウルが言うが、やはりシトエンは首を横に振った。

「度数が違うので……。ここから今日の宿泊地までは遠いのでしょうか」

シトエンが尋ねると、ラウルがすぐにルミナス王国の騎士を引っ張ってきた。

「峠を抜けて一時間というところでしょうか」

ルミナスの騎士が額の汗を拭いながら答えた。手短にラウルから事情を説明されたようだ。

「賊を取り逃がしてしまいましたので、我々も現地の自警団に連絡するため出発の準備を整えております」

「では、その宿泊地で処置することにしましょう」

シトエンはそう判断した。

モネに顔を近づけ、にこりと笑う。

「止血して傷を圧迫します。本日の宿泊先にて縫うかどうか判断しましょうか」

「はい」

頷いたのを確認し、シトエンは革鞄から出した白布でモネの右肩を縛る。

「大きな血管をしめると血が止まりやすくなりますから」

なるほど。支流への水を止めるために、本流に堰するようなものか。

その後、傷痕を確認しながら包帯を巻き始めた。きつめに巻いているのがわかるだけに、痛そうだ。実際モネは時折うめいていた。

「できました。申し訳ありません、どなたか彼女を馬車に運んでくださいますか?」

ラウルとルミナスの騎士が一歩踏み出したが、モネはきっぱりと拒絶した。

「いえ、結構。自分で歩けますから。それより、妹の傷を……」

モネは気丈に上半身を起こす。

「では、イートン。モネさんを馬車まで手伝ってあげてください」

シトエンに言われて、ささささ、とイートンが近づいてモネを支える。こちらは拒否しないようで安心した。そのまま、腰に手を添えられ立ち上がる。

多少ふらつきはしているが、確かに歩けそうな感じではあった。

シトエンはその様子を確認してから、こちらに近づいてきた。

「ごめんなさいね。少し見せてもらえますか？」

ロゼの背中の傷を見るときに上着が邪魔だろうと剥ごうとしたら、「このままで」とシトエンにやんわり止められた。

そのまま、上着の中に潜り込むようにして傷を確認している。

見えにくいだろうなぁ、と思っていたら、ロゼがじっとりとした視線を俺に向けていた。

「スケベ」

「な……っ」

目が合った途端言い捨てられて愕然とする。

「やらしー。なに考えてんのよ」

「考えるもなにも……」

「ほんっとさいてー」

「お前みたいな子どもは対象外だ！」

「でも、あたしの背中を見ようとしたもん！」

「俺はシトエンが見やすくしようと……」

「ついでにあたしの背中を見ようとしたんでしょ」

「するかっ！　ラウル、なんとか言ってやってくれ!!」

ラウルは苦笑し、腕を組んで俺を一瞥した。

「服が破れているからぼくが隠したのに……。それを剥ごうとしたら、ねぇ？」

「だよね!!」

「だよね、じゃねえ！」

ぎゃあぎゃあ三人で騒いでいたら、シトエンの愉快そうな声が聞こえてきた。

「ロゼさんの傷は心配ないですね。このまま宿泊所に行って、きれいにしましょう」

シトエンに上着を整えてもらうと、ロゼは素早くシトエンの背後に隠れた。

待てぇい!! なんでお前みたいなガキに警戒されないといかんのだ！

「ほらほら、出発しますよ」

ラウルに促され、俺は全く納得がいかないまま愛馬のほうに向かった。

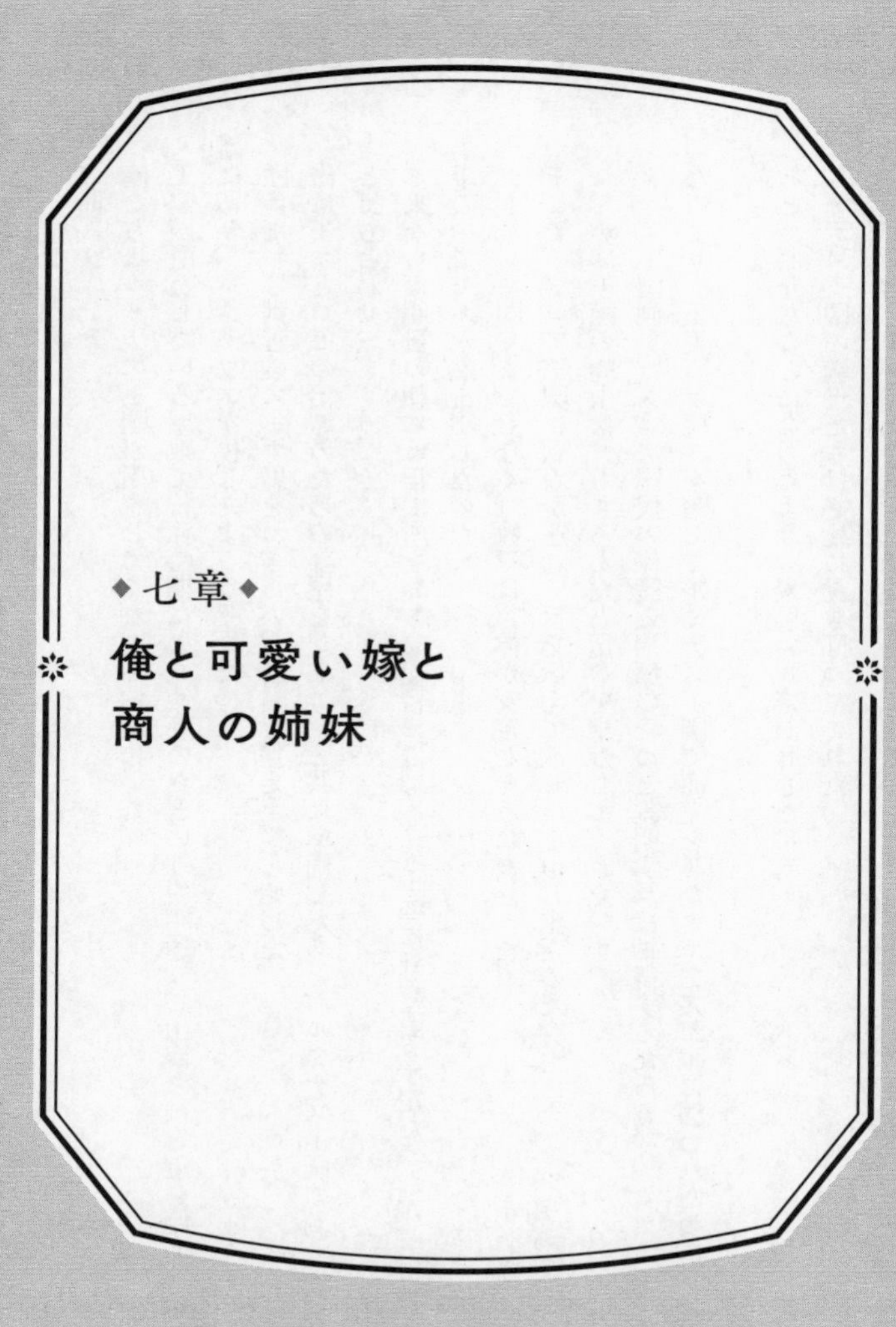

◆七章◆

俺と可愛い嫁と商人の姉妹

二時間後。

俺たちはルミナス王国が用意してくれた宿泊所にいた。

王家が所有している屋敷で狩猟時期によく使うのだという説明通り、山からほど近い距離にあり、ログハウスを模したような平屋だった。

団員たちは到着後にまず馬をねぎらい、馬具を整え点検し始めた。

俺はモネとロゼの治療のための部屋をシトエンと共に準備したあと、ルミナス王国の騎士と打ち合わせ。

本来ならば明日の朝には宿泊所を発ち、明後日にはタニア王国に到着する予定だったが、馬車の中でモネが熱を出したのだ。

シトエンに聞くまでもなく、数日は容体が安定しそうになかった。

そこで、タニア王国に到着が遅れる旨を伝えて欲しいと申し出たのだ。

ルミナス王国の騎士は、もちろんだと伝令を飛ばしてくれた。

タニア王国側も、タニア国民の保護と治療のためと説明すれば納得するだろう。

なにより、正規の手続きを踏んでルミナス王国で商売をしたタニア人が賊に襲われたのだ。

あとで厄介なことにならぬよう、素早い対応が肝心だ。

ルミナス王国の騎士たちは必死に動き回ってくれた。

俺も打ち合わせが終わると、ラウルに団員たちの食事と宿泊の指示を出した。

ついでに、イートンには厨房の手伝いを頼む。

予想外の怪我人の追加と宿泊日数の延長を告げられ、厨房が混乱していたからだ。

『お任せください！』と答えたイートンは、そのまま厨房に向かった。

イートンが自信満々なのを初めて見た気がする。実はあいつ、侍女の仕事より調理のほうが得意だったりするんだろうか……。

ひと通り指示を出し終え、シトエンがいる治療室に向かう。

厨房に立ち寄ってシトエンやモネ、ロゼの軽食をバスケットに入れてもらい、一階の西端へ。

リネン室の隣、通常はメイドが使用する部屋を治療室に充てていた。

ノックしようと拳を緩く握ると、ドアがタイミングよく内側から開く。

出てきたのは白いエプロンをしたシトエンだった。

「！」

驚いたような顔で俺を見上げる。

陶器の水差しを抱えていたが、すぐにうしろ手でドアを閉めた。

ちらりと見えた室内は明るい。モネは眠っているのかもしれないが、ロゼが起きているのだろう。

「サリュ王子、どうされました？」

「飯、食ってないんじゃないかと思って」

バスケットを目の高さまで上げると、嬉しそうにシトエンが笑った。

可愛い……。

こんな笑顔見せてくれるんだったら、なんでも運ぶ。毎日運ぶ！

「モネさんは眠っているのですが、ロゼちゃんはお腹を空かせているでしょうから」

シトエンがちらりとドアを見た。

「どうぞ中でお待ちください。わたしは水をもらってきます」

「だったら俺がもらってくる。シトエンも食べてないだろ？　ほら、交換」

俺はバスケットを差し出し、空いている手でシトエンが抱える水差しを指差した。

「そんな。サリュ王子に水をくみに行かせるなんて……」

ぷるぷるとシトエンが首を横に振るからおかしくなって吹き出した。

「それを言うなら、俺たちみんなそうだ。王子妃に怪我人の治療をさせているんだから」

シトエンは目をぱちくりさせたあと、愛らしい声で笑い出した。

「そうですね。でも、お水はわたしがくみに行きます。なので、サリュ王子はわたしが戻るまで、中で待っていてくださいますか？」

「そりゃもちろん。でもシトエン、疲れているなら無理するなよ？」

声をかけると、歩き出そうとしていたシトエンは動きを止め、水差しをぎゅっと抱きしめて上目遣いに俺を見る。

「ん？　なに？」

「あの……。疲れたといえば、疲れたのですが」

「おおう!?　そうなのか、そうだよなっ！　それは大変だ！　今すぐゆっくり……」

バスケットを持ったままオロオロしていたら、またシトエンがぷるぷると首を横に振った。

「つ……疲れて、その。あんまり一緒にいられないので……。その」

薄暗い廊下でもわかるぐらい火照(ほて)った顔でシトエンはきょろきょろと周囲を見回した。

「もし、サリュ王子がよければ……。ぎゅってしてくれたら元気が出るのですが……」

ちょっとだけ震えた小声でそんなことを言うもんだから。

「もちろんもちろんもちろんもちろんもちろんもちろん」

する！

ぎゅってする！

今すぐやる！

なにを戸惑うことがあろうか!!

バスケットを持ったまま、すぐさまシトエンを抱きしめた。

いきなりすぎたからか、「ひゃあ」と声を上げられたものの、すぐに楽しげな笑い声に変わる。

水差しが邪魔だなぁと思うものの、シトエンは満足そうだ。

遠慮がちに俺にもたれかかるようにしてしばらくじっとしていたのだけど、ふう、と吐息を漏らした。

「シトエン?」

「ごめんなさい。本当は公務を優先してタニア王国に行かなくちゃいけないんでしょうけど……。どうしても放っておけなくて」

予定を変更し、この屋敷に数泊することを言っているのだろう。

視線を落とすと、シトエンが眉尻を下げていた。

「そもそも最初は俺が関わったことだ。シトエンが謝ることじゃない」

あの姉妹を見つけて治療しようと提案したのは俺だ。それなのにシトエンが全責任を感じているようで慌てた。

「むしろシトエンがいてくれて助かったぐらいだ。俺たちだけではきっとモネの傷を手当てしきれず大事になっていた。力を貸してくれてありがとう」

彼女の身体に回した腕に少しだけ力を込める。

苦しいかなって思ったけど、シトエンは嬉しそうに目を細めてくれた。

「ありがとうございます。その……元気が出ました」
ああああああああああ。
すごい可愛いいいいいい。
どうしようううううう。
かああああわあああいいいいいい!!
うぐぐぐぐ。
いかんいかん。
俺も別の意味で元気がでそうだよ……っ!
ん？　ちょっと待て。
そうだよ。予定変更して、これからここに数泊するってことは。
それって公務外になるよな？
予定にないってことだろう？
ってことは、今日とか明日とか……。
シトエンと一緒に夜を過ごしてもいいってことになるよな!?
「な……なあ、シトエン」
「はい？」
今晩さ、と言いかけたとき、がちゃりと治療室の扉が開いた。

「シトエンさま?」

「ひゃあ!」

「がふう……っ!」

いきなり呼びかけられて驚いたシトエンが飛び上がったもんだからガツンって……。

俺の顎……。

顎にシトエンの頭直撃……。

不埒なことを考えた俺への天罰か……。

反射的に顎を押さえたら、シトエンがぱぱぱっと俺から離れる。

「お、おおおお水をくみに行ってきますね! サリュ王子がご飯を運んできてくださったので、ロゼちゃんは先に食べててください!」

言うや否や、脱兎のごとくシトエンは走り去ってしまった。

「……こんばんはー、サリュ王子さま」

シトエンさま?のときと明らかにテンションが違う。どちらかというと「サリュおーじさま」という平坦な発音で挨拶をされた。

顎を撫でながら視線を移動させると、開いたドアの枠に寄りかかったぞんざいな態度でロゼが俺を見ている。

どうやら寝巻きを貸してもらったらしい。髪の毛はふたつに分けて耳のうしろで束ねている。歳は十八と聞いたが、童顔のせいでずいぶんと子どもっぽく見えた。

「王子さまだなんて全然知らなかったから、いろいろとごめんなさい」

仕方なく言っていますという感じで謝られる。

「俺もあんまり王子らしくないから別にいい」

「だよね」

あは、と笑うからつられて笑ってしまった。

「おう。差し入れ、食うだろう？」

バスケットを差し出すと、すぐに近づいてくる。

上にかけていた布をぺろんとめくって中を確かめ、「果物がある」と屈託なく笑って腕にしがみついてきた。

姉はずいぶんと色っぽいが、妹は子猫みたいな感じだ。

気ままで、ときどき人懐っこい。

「それより、パンやサラダを食え。ソーセージもあるぞ。好き嫌いしていると貧血になって大変なんだぞ。俺がよく知る男はそれで悩んでいたからな。好き嫌いせずに栄養のあるものを腹いっぱい食べて大きく育てよ」

「ふうん」

ロゼを腕にしがみつかせたまま、部屋に入る。

中は俺が想像していたよりも広かった。

簡素なものだが、ベッドがふたつ。

奥にモネが眠り、手前のベッドには誰もいない。

ただ、シーツはぐっちゃぐちゃで脱ぎ捨てたと思しき衣服がちらばっていた。さっきまでロゼがごろごろしていたのだろう。

並んでいる椅子にはシトエンの革製の鞄がきちんと置いてあり、その傍らには丸テーブルがあって、水の入った金だらいとタオルが用意してあった。

テーブルが他にないかと室内を見回せば、サイドテーブルらしいものが窓際にある。

あれを持ってきてロゼに食事をさせよう。

「おい、これ持ってろ」

腕にぶら下がるロゼにバスケットを渡して突き放す。

うっとうしくて参った。

おまけに、子どものくせしてそれなりに胸があるからびっくりだ。

また「さわった」だのなんだの言われても迷惑だしな。

ロゼからはできるだけ距離を取ろうと思いながら、サイドテーブルを持ち上げた。そんなにいい木材を使っているわけじゃないのだろう。思いのほか軽かった。

それを空いている場所に置き、ロゼを見る。

「ほれ、椅子を持って来てここで食え」

手招くと、なんだかじっとりとした目つきで俺を見てきた。

「なんだよ」

「……いいなぁと思っただけ」

ぶっきらぼうにそんなことを言い、ててて、と近づいてきてバスケットをサイドテーブルの上に置いた。

「このテーブルさ、ここに案内されたとき、ちょっと使い勝手の悪いところにあったから、あたしとシトエンさまで移動させようとしたんだけど重くって」

「なんだよ、だったら誰か呼べばよかったのに。団員のやつとか、俺とか」

「そうじゃなくって……」

ロゼは口ごもってから、じっと俺を見た。

俺というか……俺の腕？

「あたしも男に生まれたかったなぁ。そしたら大きな身体で、ふっとい腕でさ。きっと姉さまのことも守れるのに」

束ねた毛先を人差し指に巻き付けては解きながら、ぼそりとそんなことを言った。

ベッドで眠るモネを見る。熱のせいか顔が赤い。

「いつもふたりで仕事に出かけるのか？」

椅子を引き寄せ、ロゼに座るように促す。ついでにもうひとつ持って来て俺も座った。

「仕事はいっつもふたり。姉さまはひとりでやりたがるけど……心配でしょう？」

上目遣いで言われ、まあそうかなと頷く。

今回のように賊に襲われることもあるのだ。ひとりで行かせたくないのだろう。

「小さな頃からいっつも姉さまにかばってもらっているから、いつか姉さまをあたしが守ってあげたいの」

ちらり、とやっぱり俺の腕を見る。

「いいなあ、その腕」

「なんか怖いな、その言い方。千切られそうだ」

そう言うとロゼは無邪気に笑った。

「お前たちの両親は？」

あれだけの幌馬車を準備できるのだ。かなりの大店だと思ったが、違うのだろうか。

椅子の背にもたれて尋ねると、ロゼはバスケットの中からオレンジを取り出した。

「母さまは、あたしが小さな頃に亡くなったたって。父さまは、ときどきしか会えないけど元気だと思う」

「そりゃ寂しいな」

「ううん。あたしには姉さまがいるもの。それに父さまは嫌い」

オレンジを両手で持ち、その香りを楽しむようにロゼは笑った。

「姉さまは父さまに感謝しているみたいだけど……。あたしは、姉さまがいればいい。だから姉さまの役に立ちたいんだけど……」

その瞳が少しだけ陰るから、俺は「うーん」と唸る。

「俺には兄がふたりいるが……。兄弟なんて、持ちつ持たれつだ。そりゃ長兄の負担が一番でかいのはわかっているから、俺も次兄もなんとか手助けしたいと思うし、それを知っているから長兄も無理はしないしな。だから、ロゼがモネのためになにかしてやりたいという気持ちがあるのをわかっていたら、モネもきっと自分から『これをしてくれ』って言うんじゃないかな。なにも、肩肘をはる必要はない」

そう言ってやると、ロゼは少しだけ意外そうな顔をした。

「なんだよ」

「あんまりそういうこと考えないタイプだと思っていた」

「誰が脳みそまで筋肉だ」

「そんなこと言ってないじゃん」

オレンジを持ったまま、ロゼは脚をパタパタさせて笑う。

よかった、なんか気持ちが明るいほうに向かったようだ。

「ねぇねぇ、それよりシトエンさまって、あのシトエンさまよね？」

「どのシトエン?」

多少警戒しながら尋ね返す。

なにしろルミナス王国にいた頃は、アホ王太子とメイルのせいでシトエンにまつわる嘘のうわさが流れていたからだ。

「ルミナス王国の王太子に婚約破棄されて、その後ティドロス王家に嫁ぐことになったら、いろんな病をあっという間に治してしまった……」

「そのシトエン」

思わず食い気味に言ってしまった。

「やっぱりそうなんだ!」

きゃあ、とロゼが頬を紅潮させる。

「姉さまと、すごい姫さまねって話をしてたの! 出会えるなんてすごい奇跡!!」

相変わらず脚をパタパタさせたあと、いきなりグイっと俺のほうに身を乗り出してきた。

「やっぱり王子さまはシトエンさまみたいな女の人が好きなの?」

「………まあ」

口ごもったものの、心の中では『どストライクです!』と叫んでいた。

「ねぇねぇ。じゃあさ、あたしみたいなのはどう?」

「は?」

驚いてのけぞるが、ロゼは逆に目をキラキラさせてさらに身を乗り出してくる。

そんな姿勢をとられると、大きく開いた襟ぐりから胸の谷間が見えそうなんだよな。

「若いし、可愛いし。ほら、胸もそれなりに……」

「若いってお前……。子どもなだけだろう。そんなこと言ったら新生児がこの世で一番若いぞ。それより乳をしまえ、乳を」

「乳って！　最低!!」

「自分でさらしておいてなに言うか」

「盗賊に襲われた直後はあたしの背中を見ようとしたくせに！」

「あれはシトエンが見やすいようにしようとしたんだって！」

「嘘だあ！　エロ熊の顔だったもん！」

「見たことあるのか、エロ熊を!!」

コンコンコンと三回ノックが聞こえ、シトエンが「めっ」と言いたげな顔で入ってきた。

「廊下まで騒ぎが聞こえていますが……この部屋には怪我人がいるんですよ？」

「あたしのせいじゃないです、シトエンさま」

「俺のせいじゃない、シトエン」

ふたり同時に言い放ったもんだから、水差しを抱えたシトエンは目を丸くしてから、小さく吹き出した。

「そうですか。では、わたしのせいかもしれませんね。戻ってくるのが遅くなりました」

おかしそうに肩を揺らして笑い、サイドテーブルの端のほうに水差しを置く。

「そんなことないです。悪いのはこの王子です」

「人を指差すなっ‼」

しっしっと手を振って遠ざけるとロゼは盛大にむくれつつ、手に持ったオレンジに爪を立てた。手際よく皮を剥くと特有の甘酸っぱい香りが室内に漂う。

「ロゼちゃん、パンやソーセージも食べないと」

「はぁい♪」

おい、さっきと態度が違うじゃねぇか。

俺がむっとして足を組んで膝の上で頬杖をつくと、ロゼがふふんと笑うから腹が立つ。

このガキめっ。

なにか言ってやろうかと思った矢先、ベッドの軋む音がした。

見ると、モネが上半身を起こしてキルトケットをまくり、ベッドから降りようとしていた。

長い髪をひとつに束ねて左肩に垂らしているが、前髪は汗で額に張り付いている。

裾の長いボタンつきシャツのようなものを着ているが、こちらも汗ではりつき、身体のラインがはっきりわかる。

なんというか……。こりゃ、団員たちの前には出せない姿だ。

いわゆるボン・キュッ・ボンだ。

ただ、そんなことよりかなりつらそうだ。

熱が高い上に、傷が痛むのだろう。左の手のひらを顔に当ててじっとしている。

そりゃそうだよなぁ。受傷直後は結構普通にしていたけど……あの傷は相当だぞ。

「うるさくて起こしてしまいましたか？」

シトエンが近づき、さりげなく首元にふれて熱を測っている。

「いえ、その……お手洗いに」

憚るように言い、ゆっくりと床に足を降ろす。

そのまま立ち上がろうとするも、ふらりとよろけた。

慌ててシトエンが支えるが、体重のほとんどを預かったかたちだ。

「姉さま！」

ロゼがオレンジを放り出してモネの下へ行き、腰に両腕をまわした。

「俺が抱えて連れて行ってやろう」

立ち上がって呼びかけたのに、モネに強烈に睨まれる。

「結構です!!　王子にそのようなことをしていただくなど畏れ多くて……」

いや、どちらかというと『汚らわしくて』と言いそうだぞ、お前の表情。

「では、このままちょっとお手洗いのほうに。ロゼちゃん、手伝ってね」

「はぁい」

そういって、ほぼ三人四脚状態で歩き出す。

いつかうしろ向きに倒れるんじゃないかと思ったが、絶妙なバランスで三人は部屋を出て行った。

モネの刺すような視線は俺の黒歴史を刺激する。

俺、あの冬、あんな目で『臭い』って言われたなぁ……。

まぁ、手洗いはすぐ近くにある。

なにかあっても駆けつけられるだろうと、おとなしく部屋で待つことにした。

よいしょ、と椅子に座り直したら、遠ざかったばかりの足音が戻ってくる。

「大変！　王子さま！　たらい!!」

「はあああ!?」

部屋へ飛び込んできたロゼに、とりあえず丸テーブルにあった水が入ったままの金だらいを渡す。

な、なんだ。なにが起こった!?

意味もなく立ったり座ったりを繰り返していたら、ロゼがモネを抱えて戻ってきた。

「おい、シトエンは？」

「姉さまが吐いてしまって、その後始末を。あたしがするって言ったんだけど……」

しょぼんとロゼが答える。

シトエンを手伝いに行こうかと思ったが、ロゼがモネを寝かせるのに苦戦している。

文句を言われようが叫ばれようが、とりあえず安全に寝かせるほうが先だろう。

「早く寝かせよう。触るぞ」

声をかけて近づき、ロゼを押しのけてモネを横抱きにして、そのままベッドに寝かせた。

「どうですか？　まだ吐きそうですか？」

キルトケットをかけ直してやっていた頃、シトエンが戻って来る。

「シトエン大丈夫か？　そっちを手伝いに……」

「ありがとうございます。もう大丈夫です。モネさんの介助を手伝ってくださったんですね、よかった。消毒に手間取って……。ロゼちゃんだけでは心配だったので、助かりました」

シトエンはにっこり笑う。よく見ると、エプロンを外していた。

そのまま革鞄を開け、瓶に入った液体を手に振りかける。濃いアルコールの匂いがするから、消毒なのだろう。

「ちょっと傷の状態を見ましょうか」

モネはもうまぶたを上げる力もないのか、仰向けでぐったりしたままだ。

シトエンはモネの右袖をまくり上げ、包帯を外していく。

「シトエンさま、すごいのよ。着替えも」

「着替え?」

背伸びをし、俺の耳元でロゼが言う。

「ここに運び込まれたときも、姉さまは意識がもうろうとしててね。あたしがあの寝間着に着替えさせようとしたんだけど、なかなかできなくて……。そしたら、シトエンさまが姉さまをベッドに寝かせて、左右にごろんごろんさせながら服を脱がしたり着せたり。身内に身体が不自由な方がいるのかな?」

「いや……」

前世が医者だったらしいから、とは言えない。

「うーん……。大丈夫だとは思いますが、もうしばらく様子を見ましょう。苦しいですね。でも、ここを乗り越えましょう。そばにいますよ」

シトエンは心配そうに眉尻を下げ、モネの額に手を当てる。

ちらりと傷跡を見たが、縫ってはいないようだ。

きつめに圧迫したのがよかったのか、血は止まっていた。膿らしいものも出ていない。

傷は腫れあがって真っ赤だが、ひきつったような感じはなかった。痕は残るだろうが、最善の処置だっただろう。

俺だって辺境警備の件でいろんな裂傷を見てきたが、シトエンの手際に感心した。

「さあ、ロゼちゃん。モネさんはこれでしばらく大丈夫でしょうから、先にご飯をいただきましょう」

シトエンはロゼを促す。

ロゼはしばらく心配そうにもじもじとしていたが、モネが眠ったことに安心したのか、小さく頷いてシトエンと共にサイドテーブルに戻った。

「サリュ王子。わたしはこのままこの部屋にいますので、どうか先にお休みください」

シトエンがぺこりと頭を下げる。

「わかった。でも無理だけはするなよ。力仕事が必要ならいつでも声をかけてくれ」

俺はそれだけ言って立ち去るしかなかった。

だけど、だ。

俺も伊達に辺境や騎士団同士の小競り合いで他人の傷を見てきたわけじゃない。

シトエンほどではないが、勘と経験でだいたいの経過はわかる。

モネが熱や痛みに苦しむのは約二日。

そのあとは様子見になるだろうから、シトエンは自分の寝室で眠れるだろう、と。

もちろん、寝室は俺と別だが、なんかこう理由を付けて彼女の部屋に行ってふたりだけで話せたらと思っていた。

そう考えていたのに……。

「なんでシトエンは隣室にいるんだ！」

壁一枚隔てた向こうは、モネとロゼの部屋。

シトエンの動きやすさを考慮し、熱が下がったあたりで治療室から俺の部屋の隣に移動させたのだ。

隣の部屋からは、さっきからキャッキャと楽しげな声が聞こえてきていた。

「いいじゃないですか。シトエン妃にも同じ年頃のお友達ができて。イートンが厨房にとられている今、話し相手も必要ですしね」

ラウルは呆れながら帳面に羽根ペンを走らせていた。今回の経費計算をしているらしい。

宿泊場所や食事はルミナスが当然用意してくれるが、その他の道中必要なものを買ったり準備したりしたものは記録しておいて、あとで請求するのだそうだ。

嫌だなぁ……。あの夢、正夢にならないだろうな。百五十三ダリン合わなかったらどうしよう。

「イートンこそ厨房にいつまでいるんだ」

「なんかいきいきしてますよね。料理もうまいし」

パチパチと算盤を弾いていたラウルだが、壁越しに聞こえてきた笑い声に顔を上げる。

俺はつい一時間ほど前、シトエンにすまなそうに頼まれたのを思い出した。

『あの……。みんなでここに泊まるのは今日が最後になるだろうから、ベッドを並べて寝ようとロゼちゃんが……』

『王子、ベッドくっつけて、ベッド！』

俺の怪力をなんだと思っているんだ、あのガキは！！！！！

注意してやろうかと思ったが、シトエンがこそっと『少し仲を深めて聞いておきたいこともあるんです。いいですか？』とか言うから。

……まあ、シトエン的になんかあるんだろう。

「しかし、元気になってよかったですね。あの姉妹」

ラウルは背もたれに片腕を回して俺を見る。

「どこまで一緒に移動させるおつもりです？」

「ん？　タニア王国の国境まででいいだろう。まさか王宮まで連れて行くわけにはいかないしな」

「でしたらいいですけど。気を付けてくださいね、団長」

「なんだよ」

「あの妹のほう、団長を狙ってますよ」

きっぱり言われて、ぽかんと口を開けてしまう。

「んなわけあるかよ」

　思わず笑った。

「まだガキじゃないか」

「ガキだと本人が思っていたらいいんですけど、そうじゃないでしょう。それに、姉のほうもねぇ……」

　ラウルがため息を吐いたとき、「ひゃあ！　な、なななななんですかっ」というシトエンの声が聞こえてきて、反射的に立ち上がる。

　とっさにラウルと共に壁に近づくと……。

「シトエンさまの肌、すべすべ！　なにこれ、なにこれ！」

「ひゃあああああっ!!　くすぐったいですっ、ロゼちゃん！」

「身体も小さくって。抱き枕サイズみたい」

「ちょ、ちょちょちょちょちょ……モネさん、離れてくだ……わっぷ」

「姉さま！　シトエンさまが姉さまの胸で窒息してしまいますっ」

「あらあら♡」

　聞こえてくる声に、俺はわなわなと震えた。

「隣でなにをやっているんだああああああ！！！」

「女子会でしょ」

「俺のシトエンが喰われてしまう!! あの肉食獣どもに!」

「女子でしょ」

「ラウル!!!!!」

「はいはい」

呆れたようにラウルは答えるが、危機意識を持て、危機意識を!

だいたい、シトエンも仲を深めてって……。

なんの仲を深めようとしているんだ!

「おふたりは、本当に仲がいいですね。わたしはその……姉妹がいないものですから」

ようやくキャッキャと騒ぐ声が収まり、シトエンの落ち着いた声が聞こえてきた。

俺は壁に張り付き、耳を澄ます。

ラウルは呆れて帳面の前に戻って行った。算盤は静かに弾けよ。

「ふたりっきりだもん。ねー、姉さま」

「そうねぇ」

「商売はおふたりでずっと続けてこられたんですか? それともご親族のお手伝いとか?」

「母は妹が幼い頃に他界しました。うちは反物の仕入れや仕立てをしており、その経営は父が行っていましたが、少々込み入ったことがございまして……。五年ほど前からは私とロゼと。それから、今回裏切ったエバンズが中心になって切り盛りしておりました」

「五年ほど前というと、まだモネさんは十七歳ぐらいでは？　大変だったでしょう」

「ですが……シトエン様。そのような話は、ちまたにあふれているのです。それに私は妹を路頭に迷わせるわけにはいきませんし」

「あたしも、姉さまをひとりにするわけにはいかないし？」

「まあ、この子ったら」

笑い声が続き、それから数秒だけ沈黙が流れる。

「あの……。それこそ、世間知らずのわたしがこんなことを言って気を悪くなさったら申し訳ないのですけれど」

シトエンがそっと声を発した。

「もし、お力になれることがあればなんでも相談してくださいね」

「これ以上、シトエン様にお願いすることなんて……」

「知り合ったのも、なにかのご縁です。縁というのは、結んだり切ったりできるものだとわたしは父に教わりました。良い縁は結び、悪縁は断ち切る。そうして、縁をつないだり切ったりしながら生きていくのだと」

「では、シトエン様はアリオス王太子との縁を切って、サリュ王子とご縁を結ばれましたのね？」

「そ……それは……。そう……ですね」

「きゃあ！　シトエンさま、真っ赤！」

ロゼのはしゃいだ声と、シトエンが「ち、違いますよ、ロゼちゃん！」と焦る声。そして笑い声が続いたのだが。

ぼそり、とモネの呟きが聞こえた。

「ですが、引きちぎれない腐れ縁というのもあるのです」

「え……？」

「なんでもありませんわ。それよりシトエン様って本当に肌がすべすべ♡」

「ねー！　思うよねぇ、特にここなんか……」

「ひゃあっ！　モネさん、ロゼちゃん！　ど、どどどどこをさわって……っ」

「でえええええい！　もう許さんっ‼」

俺は叫び、部屋を飛び出す。

そのまま隣の部屋に飛び込むと、「きゃあ！」と盛大な叫び声がベッドから上がった。

女子三人が団子になっているところへずんずんと進み、真ん中にいるシトエンを引っ張り出して横抱きにする。

「強制回収する！」

「王子さま、さいてー！」

「なんて横暴な」

「なんとでも言え！　本日シトエンはイートンと寝ることとする！　王子命令発布だ！　ラウル！　イートンを厨房から引きずり出せ!!」

◆八章◆

俺と可愛い嫁はタニア王国へ

二日後。

ようやくタニア王国に入った。

ルミナス王国の騎士と、モネ・ロゼ姉妹とはここでお別れだ。

シトエンは姉妹に「なにかあれば連絡を」と自分の実家を教えていた。優しいなぁ。

その後、一路タニア王がおわす王城に向かう。

この時間なら今日中に謁見がかないそうだ。

山岳地帯らしい急な山道を通りながら、この国ならではの山並みを感心しながら眺めた。

特に山の斜面を利用した小麦畑は美しい。時間帯によって移動していく羊やヤギの群れはずっと見ていられそうだ。

ティドロス王国にはこんなに急で険しい山々が続くところがないから、団員も興味津々だ。

そうして、夕方には俺とシトエンはタニア王国の王城内の謁見室にいた。

だだっ広いその部屋には、漆塗りの椅子がいくつか並べられ、その正面には数段高い席が用意されている。

本来は御簾(みす)が下ろしてあり、タニア王はそこに着席されるらしいのだが、竜紋をもつ娘とその配偶者ということで、ご尊顔を拝することができるらしい。

結婚式にも参列いただいたが、あれは相当珍しいケースだったらしく、シトエンが大事にされていることの証明でもあったらしい。

「……これ、本当は床に座るんだよな？」

まだ謁見室には俺とシトエン、それからラウルとイートン、案内役の侍従しかいない。

こっそりと隣のシトエンに話しかけた。

「多分、サリュ王子に配慮なさったのでしょう」

シトエンが微笑んでくれる。

申し訳ないなと思いながらも、タニア王国の作法にはあまり詳しくないので助かると言えば助かる。

本来であれば椅子ではなく、絨毯やクッションを置いた床に座るらしい。

だけど今日は椅子が用意されているから、磨き上げられた床の不思議な色合いがそのまま見えた。長兄が好きそうな色合いの床だ。案内してくれた侍従に尋ねると、「黒クルミを使用しております」と教えてくれる。へー。今度教えてやろう。

侍従が壁際に待機すること数分。

タニア王の到着を告げる鈴が鳴り、重々しく扉が開いた。

シトエンがわずかに頭を下げるので、ラウルとともに俺もそれに倣（なら）う。

「苦しうない。顔を上げよ」

入室するいくつかの足音が落ち着くとそんな声が聞こえ、ゆっくりと顔を起こした。

壇上の椅子に座っているのは、タニア王。

そのすぐ下に設置された椅子に座るのは、シトエンの父であるバリモア卿とどこかの貴族が数人。

俺はタニア王を見た。

御年四十二歳。髪と瞳は黒曜石のように黒く輝き、あまり動かない表情と相まってものすごくとっつきにくく思える。

無駄な肉のない体つきと隙がない身のこなし。初めてお目にかかったときも思ったが、この御方、かなりの武人とみた。

ボタンのない前合わせのシャツを着ておられ、その上からタニア王国の伝統服でもある袖がない丈の長い上着を羽織り、腰の辺りを帯で締めているのだが……。施された刺繍が豪華絢爛だ。銀糸で竜が縫い込まれている。

「サリュ王子、長旅ご苦労であった。結婚式以来であるな」

「とんでもないことでございます。このたびは妻の名誉回復のためにご尽力いただき、誠にありがとうございます」

椅子から立ち上がり、その場で頭を下げて挨拶をする。

「よいよい。着席せよ」

促されて椅子に座ると、タニア王は苦々しげに言葉を続けた。

「なに。予も腹に据えかねておったからちょうどよかったのだ。のう、バリモアよ」

声をかけられ、バリモア卿は無言で頭を下げた。

「シトエン、変わりはないか？」

打って変わってずいぶんと丸い声でタニア王がシトエンに声をかける。

「はい。ありがとうございます、陛下。ティドロス王家とサリュ王子のおかげで、このように健やかに過ごしております」

シトエンも一礼したのち、にこやかに答えた。

「それは良かった。予からも礼を言おう、王子」

「なんともったいない……」

ちょっとおののく。

本当に溺愛しているな、シトエンのこと。

よくまあ……こんな大事にされている娘をルミナス王国は袖にしたもんだ。

うちの王太子が『ルミナスの王太子がアホでよかった』と言っていたが……。

「陛下」

タニア王のうしろに控えていた貴族が耳元でなにかを囁いた。「うむ」とタニア王は頷き、それから俺を見る。

「道中、賊に襲われたわが国の民が世話になったそうだな。重ね重ね礼を言おう」

「なにをおっしゃいます。それに、傷を癒やしたのはシトエンです。礼ならばシトエンに」

「いいえ。サリュ王子が賊を追い払ってくださったからです。〝ティドロスの冬熊〟と、その名を聞いただけで賊は震えあがったとか。サリュ王子こそが、陛下からのお言葉を頂戴すべきです」

互いにそう言っていたら、タニア王が声を立てて笑った。

「仲が良くてなにより。予は安堵した。これならば、今後もうまくやっていけるだろう。なあ、バリモア」

「まったくその通りかと」

バリモア卿も目元を緩められた。その表情に俺がほっとする。

「シトエンよ」

「はい」

タニア王が小首を傾げた。

「子はまだか？」

途端にシトエンの顔が、ぼんっと火を噴くかと思うほど真っ赤になる。

俺だって狼狽えた。

「まだ結婚して一カ月ほどしか……」

シトエンがしどろもどろに答えると、タニア王はバリモア卿を一瞥する。

「だが、結婚前から一緒に住んでおるのであろう?」

「婿殿は律義に婚儀を待ったのでございましょう」

「なんと忍耐強い」

あれだけ無表情だったタニア王が、若干引き気味の顔をする。

いや、俺だって結婚前からどうにかなりたかったよ!!!!

でも、うちの使用人や団員やラウルが邪魔ばっかするんだよ!

「なるほど、では身籠っておってもまだわからぬの。そうかそうか」

タニア王が納得したようなのでほっとしたものの……。

そうだよな、子どもができていても全然問題ないんだよなと気づく。

シトエンと俺の間に子どもができるなんて超絶幸せなことだ。

長兄の子どもでさえ目に入れても痛くないくらいだから、俺たちの子どもなんて想像しただけでワクワクする。

男でも女でも双子でも三つ子でもどんと来い! まとめてみんな育て上げてやる!!

きっと俺は期待に満ちた顔をシトエンに向けたんだろう。

シトエンは顔から火が出そうなほど真っ赤になって身をちぢこまらせていた。

ちょっと俺の気が早かったかな?と反省していたら。

「ティドロス王に伺いは立てるが、シトエンの第一子は予が名付けてもよかろうかの」

タニア王がとんでもないことを俺に言ってきた。

「は？　え？　いやあの……。光栄ではございますが……」

いいんだろうか、これ。受けても、と慌てた俺は、今度はラウルと目を見交わす。

「陛下、そういったことは実際に子ができてからおっしゃっては？」

「それもそうよの。どうもシトエンのことになると先走ってしまう」

バリモア卿が助け舟を出してくれて、身体中の力が抜ける思いだった。

「さて、堅苦しいのはかなわん。食事にしよう」

タニア王はそう言い、背後に控えている貴族に合図をする。

「シトエンも長らく友人や親族に会っておらぬだろう？　今すぐ来るゆえ、しばし待て」

「まあ！　ありがとうございます！」

シトエンが両手を合わせて喜ぶ。

婚約破棄後、一度は帰国したものの、すぐに俺との婚約式があったから、母国でゆっくりできるなんてシトエンには久しぶり。そりゃ嬉しいに違いない。

「謝罪の場が設けられるまで王城にいてもらっても構わぬのだが、バリモアがどうしても自分がもてなしたいとうるさくてな」

タニア王がため息交じりに言う。

え、そうなのか？　俺もてっきり王城の客室に泊まるんだと……。

シトエンとふたりしてバリモア卿を見ると、バリモア卿は胸を張って答えた。

「タニア王国は地から湯が沸くことでも有名。ぜひ、婿殿には温泉に入って帰ってもらわねば。シトエンも久しぶりだろう？　存分に味わって帰りなさい」

温泉！！！！

温泉ですか、舅殿！！！！

シトエンと温泉！！！！

「ちょ……団長、想像して鼻血出さないでくださいよ？」

「だ……大丈夫だと思う」

喜びが顔に出ていたのか小声でラウルに注意され、なんとなく腹に力を入れて息を止めた。

その後、謁見室はあれよあれよという間に宴会会場になった。

椅子は取り払われ、絨毯が敷かれ、クッションが並べられる。

俺はシトエンの隣に座り、俺の隣には緊張しまくったラウルが座る。

座るといっても正しい座り方がよくわからない。

とりあえず男は胡座(あぐら)をしたらいいみたいだが、今日のシトエンはタニアの服じゃないから座るのも大変そうだ。

ほら、ティドロスのスタンダードな服はスカートの中にボリュームを出すアンダースカートみたいなものが入っているから。イートンが裾をさばいてくれているが……。

なるほど。だからタニアの女性の服ってあんなふうにすとんとしてるわけだ。

俺は俺で、タニア王との謁見だから刀なしでここに座っているのだけど……。

これ、佩剣していた場合はどうやって座るんだ?

なかなかに興味深く周囲を見回していたら、絨毯の上にさらに敷布が広げられ、大皿に盛られた料理がどんどん運ばれてくる。酒だってそうだ。甕に入ったものや瓶に入ったもの、それから色とりどりの果物。

そのあとに入ってきたのは、たくさんの女たち。

どうやらシトエンの友人や親族らしく、あっという間にシトエンだけではなく俺も取り囲まれた。

結婚式で見かけた顔もあれば初対面の人もいる。シトエンが順番に紹介してくれて、俺は王子らしく礼をしつつ夫らしく振舞った。

そんな「はじめまして」「こちらこそ」がひと通り終了すると、みんなはシトエンと共に会場の一角で話に花を咲かせ始めた。

途端に俺とラウルはふたりぼっちだ。

「……あれだな。よく親族が集まる中で嫁の居場所がないとかなんとか言うけど……」

「身をもって知りましたね、団長。ぼく、嫁をもらったら参考にします。絶対、嫁のそばを離れません」

男ふたり肩を寄せ合ってちびちびと酒を飲む。

一応タニアの食事やマナーについては学んできたものの、頭で覚えたものと実際の食事では大違いだ。基礎編もおぼつかないのに、いきなり応用編を出されたような気分で、こんなに周囲を窺いながら食事をしたのは初めてだった。

給仕は「お好きなようにお召し上がりください」というが、恥をかくのは嫌だ。

「おい、ラウル。これはスプーンを使うのか」

「おそらく……。でもあの人は手で食べていますよ」

「俺、お前を連れてきてよかったよ……」

「ぼくが嫁をもらって同じような状況になったら、団長も来てくださいね。ぼくのそばを離れないで」

ラウルとずっと、まだ見ぬラウルの嫁の話をぼそぼそとする。

「でもあれだな。シトエンが楽しそうでよかった」

「そうですね。なかなか母国のご友人と過ごすこともできないでしょうし……」

ふたりでシトエンを眺める。

たくさんの女性たちに囲まれ、母国語のタニア語で嬉しそうに会話をしている。

いいことだと思う。

こうやって逆の立場になったら、シトエンがティドロスでどれだけ気を使っているかに気づかされた。いっつも気を張ってるんじゃないかなぁ。

本当は気軽に里帰りとかさせてやりたい。

だけどティドロス王家に嫁いだ身で頻繁に母国に帰ることは難しいだろう。

だったら親族なり友人なりをうちに招待すればいい。旅行感覚で来てもらおう。それでシトエンがこうやって笑顔になるなら大歓迎だ。

そんなふうに考えている間にも宴はどんどん進み、会場は酒臭くなっていった。

ティドロス王国にも強い酒はあるが、タニアの酒はかなりきつい。

果実酒は女性が飲むぐらいで、男はほぼ蒸留酒を呑んでいる。

ラウルは呑むのをやめたそうだが、給仕の男がどんどん注ぎ足してくる。

え。これ、グラスが空いたら注ぐシステムなのか？

そんなこんなで料理がなくなると皿は片付けられ、今度は鈴や打楽器を持った女たちがやって来てダンスや歌を披露。

どこかの貴族が「本来は神に奉納する舞です」と教えてくれたので、ラウルとふたり、ありがたがって見ているまではよかったのだが……。

「婿殿」

「はい!!」

急にバリモア卿が立ち上がり、俺を呼んだ。

ちょうど酒を呷(あお)ったところだったので、慌ててグラスを床に置く。

「婿殿の威名は我が国にも届いております。以前より、一度お手合わせ願いたいと思っていたところです」

ぎゅ、とバリモア卿が帯を締め直してそんなことを言い出す。

嫌な予感がした。

「それは……お耳汚しでした」

「ぜひ、この場にてお相手していただきたい」

にやり、と舅殿が笑った。

「ひとり娘をお任せしても大丈夫なのかどうか、確かめさせてください」

踊り子たちがはけた場所にバリモア卿が進み出る。

酒も入っているせいか、会場がわっと沸いた。

「お父様、おやめください！」

制止したのは困惑顔で眉尻を下げているシトエンぐらいだ。

「サリュ王子にも失礼ですし、だいたい……酔ってらっしゃるのでしょう？　もうっ」

今の、なじっている様子がめちゃくちゃ可愛い！

なにそれ！　俺にも言ってほしい！

俺も「もうっ、だめ!!」ってたしなめられたい！

そんな顔を……多分俺はしていたんだろう。

バリモア卿がちょっと勝ち誇った表情をした。

えー……、なにその負けず嫌い。

俺の父上が相手なら「年寄りの冷や水ですよ」とか言ってやるんだけど、舅殿だからなぁ……。

「団長、お受けしたほうがいいですよ。ティドロスの冬熊は、タニア王国でも冬熊なんだと知らしめてやってください」

ラウルが適当なことを言う。酔ってんだろ、お前。

だけど元来、勝負を挑まれたら受けることにしてるので……。

「タニア王のお許しがあるのであれば」

俺が応えると、さらに場が沸く。

「サリュ王子！」とシトエンが言っているが、さっきの舅殿への言い方のほうが可愛いから少し拗ねたみたいに無視する。

「よい余興じゃ、やれ」

タニア王の許可が出て、やっぱり余興かよと苦笑いした。

さて、と。

宴の参加者が囲む輪の中に入れば、待っていた舅殿は腕を垂らし、足を肩幅に開いてリラックスしたように立っている。

「素手ですか？」

一応尋ねてみると、「無論」と返ってくる。

さっきまで座っていて動かしていなかった関節をほぐすために手足をプラプラさせながら、舅殿の姿を観察した。

素手か……。

打撃系だといいなぁ。関節技は厄介だ。

念のため、袖はまくり上げておくことにする。

俺が動きを止めると、壇上のタニア王が告げた。

「始め」

わっとまた周囲で歓声が上がる。タニア語が飛び交う中で、ラウルが怒鳴るティドロス語の応援がちょっと嬉しい。

徐々に間合いを詰めようとしたら……。

いきなり舅殿が踏み込んできて、襟首をつかもうとする。

なんだよ!!　やっぱ投げ技とか関節系じゃん！

手刀で叩き落とし、一歩下がる。

だが相手はしつこく、おまけに素早い。襟を掴もうと、すさまじい速さで手を繰り出してくる。本当にこの人五十代かよ。

ふと下がってばかりいることに気がつき、自分に舌打ちした。

あと数歩下がると見物人たちにぶつかってしまうので、俺の襟を掴もうとする手を掴み、一気に身体を反転させる。

背負い投げしようと思ったのに、逆に背後からしがみつかれ、そのまま片足を払われ押し倒された。

やべ……っ！

このまま首絞められでもしたら落ちる!!

慌てて這い出し立ち上がるが、向かい合う間もなく背後に飛び乗られた。

「え、なにっ!? はぇええ!?」

慌てて身体を左右に振って落とそうと思ったのに……。

「……げほっ」

すぐに首を絞められて息が漏れた。

背中におぶさった舅殿は両足で俺の腰をとらえ、右腕で俺の首を絞めてくる。

なんだよ、こんなに接近する格技知らねぇよ!!

ただ、腕は気道も頸動脈も締めきれていない。

背後からおぶさるという足場の悪さが俺にとっては幸いしたらしい。

うしろ向きに勢いよく床に倒れ、そのまま押さえつける。

はぐ、と背後でうめく声がして相手の腕が緩む。俺と床の間に挟まれて肺の空気が出たようだ。

その隙に立ち上がり、素早く向き合う。

「……化け物かよ」

つい無礼な言葉が漏れたが、俺が身構えたときにはすでに舅殿はファイティングポーズで間合いに飛び込んできていた。

スタミナどうなってんだ！

心の中で「すんませんっ」と謝って、胸の中央を蹴り飛ばす。

どん、と舅殿がうしろに吹っ飛び、ようやく間合いが切れた。

立て直す時間も作戦を考える時間もない。

ただ、気づいた。どうやらタニアでは足技はあまり使わないらしい。

そのまま右腕を振りかぶって一歩踏み込めば、防御のために舅殿が顔面をガード。

俺は殴るとみせかけて身体を反転させ、回し蹴りをガードに直撃させる。

腕と足じゃ、破壊力が違う。

上半身が揺らぐのを目の端で確認して、蹴った足を振りきり、そのまま腰を落とす。

だけど、回転は止めない。

今度は蹴り足を軸にして低い位置から反対の足を伸ばし、舅殿の右足首を払った。

もともとバランスを崩していたから、軽い衝撃で舅殿は床に膝をついた。

「やめ。サリュ王子の勝ちじゃ」

その声に会場が沸いた。やれやれ。

床に片膝をついたままの舅殿に手を差し出した。

「お手合わせ、ありがとうございました」

舅殿は破顔して俺の手を握る。

わ。あんまり似てない親子だと思ったけど、笑顔はそっくりだな。

「さすがですな、参りました。シトエンのことを、どうぞよろしくお願いいたします」

舅殿は立ち上がると、きっちりと背を伸ばす。

俺も相対して礼をした。

また、会場が沸いた。


その日の晩。

風呂のあと、涼みに王城内を散策していたら池を見つけた。

正確には、ゲコゲコゲコと騒がしい蛙の声に引き寄せられたら、池があったにすぎない。

当然人工池なのだが、ほとりの岩に苔が張り付いていたりすると、なんか昔からここにずっとあるんじゃないかという気がしてくる。

石灯籠に灯された火が池の水面にぼわりと映り、天上の月と相まってすごく綺麗だ。高地だからか、夏だというのにずいぶんと涼しい。

さくさくと下草を踏んで近づき、池を覗き込んだ。

こちらに気づいたのか、トポンと蛙が水に飛び込む。

水面にさざ波が立ち、月が歪んでしまった。

「あー……」

残念と呟いたとき、「サリュ王子？」と声がする。

驚いて振り返ると、シトエンが小走りに駆けてきていた。

ティドロスにいるときのようなナイトウェアじゃなくて、タニア風の寝間着だ。

ガウンのような形で、襟を合わせて腰の辺りを帯で締めているんだけど……。

なにその薄さ！

決して安物の生地だからペラペラってわけじゃない。

上品な薄さというか……あ、これ絹か？

つやつやしていて、みるからにすべすべしていて……。

腰の辺りでこう……ぎゅっと縛るから、わりと身体の線がはっきりするんだよな。胸とか尻とか。うん、胸とか尻とか。胸とか尻がね。

え、すごいこれ……エロくね？

「どうされました？　迷われたのですか？」

息を切らしてそんなことを言うから、とっさに顔を逸らす。

いかん。胸とか尻とか、まじまじと見てしまいそうだ。

池！　池を見よう！　蛙を探そう！　童心に返ろう！

「ふ、風呂に入ったら暑くて。ちょっと涼もうかな、と」

「まあ、そうでしたか」

シトエンは笑ったが、すぐに表情を引き締め、ぺこりと頭を下げるからぎょっとした。

「宴の場では父が大変失礼なことを……っ。本当に申し訳ありませんでした」

「そんなことない！」

慌てて押しとどめる。

「嫁にやったものの、いろんなことがあり過ぎたからバリモア卿も心配だったんだろう。俺こそちゃんと手紙とか書けばよかったんだ。シトエンはすごく元気です、とか」

いや、そんな内容じゃアホがバレるな。

「手紙ならわたしが結構書いていたのに……。本当に困った父です」

むう、とむくれる姿がまた可愛いのなんの。

これが見られただけでも、シトエンを連れてタニア王国に来た甲斐があったなぁ。

だけど、こう……腕を組んで怒っているもんだから。

むにゅって、胸の形が強調されて……。

うおおおおおお！

散れ、俺の煩悩！！！！

さっきから胸と尻のことしか考えていないぞ、俺！

「サリュ王子？」

「いや、なんでもないです！」

ぶんぶんと首をむやみに振っていたら、さすがに不審がられた。

「あ、そうだ。俺、今日の宴でいろいろ思ったんだ」

「なにをですか？」

シトエンが小首を傾げる。

「シトエンのこと、もっともっと大事にしようって」

「え？」

きょとんと目を丸くするから、つい頭を掻いた。

「シトエンってティドロス王家とうまくやってくれていると思ってたけど、それってシトエンの努力を前提に成り立ってるんだよな。そんなの今まで全然気にもしていなくて。いや、そりゃあ母上が意地悪したり、王太子がいじめたりしようもんなら俺が全力でぶちのめす覚悟ではあるけど！」

途端にシトエンが笑う。

「お二方からそんなことをされたことはありません」

「だけど、関係性が良いってのは自然にそうなったわけじゃなくて、シトエンがいろいろ気を使ってくれているからなんだなって今日の宴に参加して気がついたんだ。だから……」

「す……すみませんっ！　わたしのほうこそ気がつかず!!　宴でなにか困るようなことがありましたか⁉」

シトエンがまた慌て出すから「違う違う」と苦笑いする。

「こんなにたくさんの人たちに愛されて、大切に育てられたんだなって実感したんだ。だから舅殿だって、娘を任せられるかどうか判断したかったんだろうし」

「サリュ王子……」

「シトエンを今まで大事に育ててくださった人に安心してって言えるように、俺はシトエンのことをもっともっと大切にする。それに、シトエンが頻繁に国に帰ることは難しいかもしれないけど、ティドロスに親族や友人を招いたりしよう。どんどん呼んでほしい。俺、接待するから！」

伝えた瞬間、ぽすんと俺の胸にシトエンが飛び込んできた。

「シトエン？」

「ありがとうございます、サリュ王子。嬉しいです」

ぎゅっと俺のシャツを掴んでシトエンが涙声で言う。

「わたしもサリュ王子のこと、とってもとっても大事にします。だって、こんなにわたしのことを愛してくださっているんですもの」

「……ありがとう」

シトエンの背中に腕を回し、抱きしめる。

「モネさんやロゼちゃんにも、そう思ってくれる人がいればいいのですが……」

「ん？　モネとロゼ？」

予想外の名前が出て、腕の力を緩めた。

シトエンが俺から少し離れ、こくんと頷く。

「あのふたり……とても気になるんです。またどこかで出会えたらいいのですが……」

シトエンはこのときそんなことを言ったけど。

再会は、すぐに実現した。

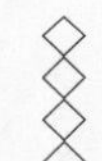

王城で二日過ごし、その後バリモア卿が用意してくれた温泉付きの屋敷へ移動した。

二日後にはルミナス王国からアリオス・アホ王太子が来るから、もう一度王城に戻る必要がある。

だから立地も考えてくださったのか、場所は王城からそう遠くない山間だ。

敷地内には湯殿が三つあるらしく、団員たちも自由に使っていいという太っ腹な話。

泉質はやわらかく飲用にもなるほどだとか。

嘘か本当か、馬に温泉水を飲ませると疲れが取れて元気になるとか。

長旅の移動だったから、団員はもちろん馬のことも心配していただけにちょっとほっとする。タニア王国もティドロスと同じく馬にやさしいお国柄のようだ。

温泉が初めてだという団員もいて、公務ではあるけれど少々浮かれながら温泉のある屋敷に到着した。

馬をつないで、団員の温泉に入る順番をラウルと考えていたら、先に屋敷の中に入っていたシトエンが飛び出してきた。

「サリュ王子！　モネさんとロゼちゃんが……っ」

俺の腕を引っ張ってそんなことを言い出す。

「モネとロゼがどうしたんだ」

「いるんです！　ちょっと来てください！」

ぐいぐいと引っ張られて屋敷に入り、そのまま奥へ連れていかれる。

部屋の前ではイートンが待っていて、タイミングを合わせるようにして扉を開いてくれた。

そこにいたのは……。

「その節は、大変お世話になりました」

腹の前で手を揃え、しおらしく頭を下げているモネ。

澄まし顔でモネの横に並んでいるのはロゼだ。

「これは……ああ、商売に来たのか？」

部屋を見回し、俺は納得する。

モネとロゼの背後ばかりか室内中にラックのようなものがあり、女ものの服がずらりと並ぶ。

ラックだけじゃない。絨毯を敷いた床には靴が並べられ、簡易的に作られた棚には、きらびやかな宝石がこれでもかというほど用意されていた。

「そうなんです。事件のことをお聞きになったバリモア卿が少しでも損失の埋め合わせになるようにと、当店をご指名くださいまして。今回、謝罪式に出席するためのシトエン様のお召し物一式をご注文くださいました」

モネがにっこり笑う。

今日はシースルー生地ながらも長袖を着ているので、腕の傷はよく見えない。ピンと伸びた背筋と、ハイウエストから伸びるスカートが相まって本当にスタイルが良い。豊かな髪も頭のうしろでお団子にしているから、裕福な商家のしっかりものの長女という感じだ。

「これで、エバンズと賊に奪われた売上金はしっかりカバー！」

ビシッと敬礼をしたあと、陽気にロゼは笑う。

モネと同じようにタニアの服を着ているというのに、こっちは甘く柔らかな感じに見える。今日も髪をふたつに分けて結び、そこに花柄のリボンをつけているからかもしれない。

「そういえば父が新しい服を用意すると言っていましたが……。てっきり当日に手渡されるものと思っていました」

シトエンが戸惑った顔をしてると、入り口で待機しているイートンが書状を持って近づいて来る。

「モネさんが持参されたこの巻物は、確かに旦那様からです。お嬢様を驚かせたかったようですね」

にこにこ笑ってシトエンに手渡す。

ざっと内容に目を走らせながら、シトエンは苦笑を漏らした。

「まったく、今回はお父様に振り回されっぱなしね」

「昔からこんな感じだったのか？」

見た感じ、めちゃくちゃこう……厳格な父親って感じだったんだけど。

「見た目は真面目そうなのですが、やることなすこと突拍子もなくて……。いつだったかは虎の仔をもらってきて育てたり、伝説の格闘家に会いに行くと言って一年ほど帰ってこなかったり……」

見た目とは違うもんだ。

「まあ、でもうちの母上だって黙っていればきれいな王妃様だもんなぁ」

呟くと、ロゼが首を傾げた。

「黙ってなかったらどんなの？　やきもちやきとか、浪費家とか？」

「これロゼ」

「いいや。ティドロス一番の野心家」

はっきり言うと、ロゼをたしなめたモネまでもが、ぽかんとした。

「うちの母上を一言で表すならそれだな。とにかく野心を燃やしている。国と民を守るため、敵になりそうなものはことごとく潰して、ティドロスに平穏をもたらし、地上で一番の国とするためにあらゆることに目を光らせておられる」

真面目に答えたのに、シトエンは肩を震わせて必死に笑いを堪えている。

「あたし、王妃さまとか王さまって、みんな悪いやつだと思ってた」

ぼそっとロゼが言う。

シトエンが困ったような笑みを浮かべた。

「悪い王族もいますが、ほとんどの方々は国のため、民のために身を尽くしておられますよ。ですが、それが他国の利益を失うことにつながる場合……。また違ったように見えるのかもしれませんし、〝悪い王様〟に見えるのかもしれませんね」

「悪い王族かどうかはわからんが、うちに限っていえばとにかく女が強いな。こんなに女が自由な王族も珍しいかもしれん」

口を挟むと、シトエンが目を大きく見開いた。

「そうかもしれませんね。王妃様も王太子妃様もそれはそれは……自由闊達ですし」

ふとシトエンは口元を緩めてロゼとモネを交互に見た。

「どうでしょう。いつかティドロス王国に来て商売をする、というのは」

「ティドロス王国に？」

「わたしはルミナス王国で少々つらい思いをしましたが、ティドロス王国ではとても……そうですね、自由に生きています。ルミナス王国やタニア王国より、ティドロス王国は女性に発言権や決断権がある気がします」

シトエンが言葉を選びながらそんなことを言う。

俺は腕を組み、ううんと唸った。

「確かにあれだな。ルミナスやタニアの女性は淑やかというか……あんまり男性より前に出てこないイメージだな。一歩下がって控えている感じはある」

だけど、と俺は顔をしかめた。

「ティドロス王国は自由に見えるかもしれんが、女も強いぞ。ルミナスやタニアのほうが全体的にやんわりしている。来るならお前ら、覚悟して来いよ」

「へえ！　強いっていうなら、あたしたちだって。ねえ？」

ロゼが明るい声を上げ、その顔を姉に向けたが。

「さ。そんな夢みたいな話はその辺にして」

モネはにっこり笑って話を終わらせようとする。

ロゼの顔がこわばり、俺だってちょっと困惑する。

だけど、シトエンはやめなかった。

「そういう未来もある、ということです。また、考えておいてください。なにかあれば必ず力になりますから」

シトエンは一言ずつ区切るように言うと、いつもの柔らかな笑みを浮かべた。

「では、服を決めましょうか。ロゼちゃんも手伝ってくれるのでしょう？」

「も……もちろんだよ！　あ、でもね。姉さまがサイズを調整したりするから、先に色だけ合わせる？　どんなのがいいですか、シトエンさま！」

ロゼはラックに駆け寄り、シトエンが好きそうな色をいくつか出していく。

うん、見る目はあるぞ、ロゼ。シトエンは青っぽいのが好きなんだ、青っぽいの。

「そうですね。サリュ王子はどう……」

「俺？　そうだなぁ」

と、応じたとき。

つつつつ、とモネが近づいてシトエンの長くおろした銀色の髪をくるりと束ねた。

「失礼いたします。首周りのアクセサリーも合わせていただきたいので」

そう言ってお団子にしてピンで留めたあと、シトエンの首周りを指でするりと撫でる。

「ひゃっ！」

「この辺りのお肌を際立たせるものが欲しいですわね」

ふふふ、とシトエンの首元に顔を近づけて笑うのだが……。

なんかこう。

なんかこう……っ。

近いぞ、俺の嫁に!!!!

目つきが獲物を狙うユキヒョウみたいなんだよ！

同性だからってちょっと近すぎるんじゃないのか⁉

「いくつかまとめてご試着いただきたいので、今着ているものをすべて脱いでいただけますか？　そのほうがサイズもわかりやすいですし」

「ちょっと待てぇい！」

激しく俺の中の野生の……なにかが警戒する。

「お前、プロなら服の上からでもわかるだろ！」

モネを怒鳴りつけたが、はん、と鼻で嗤われた。

「それより、婦女子の着替えの場に殿方がいるというのが私には理解できないんですけど。ロゼ、王子様と一緒に外に出ていてくれる？」

「お前のようなユキヒョウとシトエンを一緒にしておけるか！　食われるわっ」

「あら、冬熊に言われたくないですわね。王子様こそ冬眠前にシトエン妃を食らいつくすおつもりでは？　おお怖い。シトエン妃、十分警戒なさってくださいませ」

じろりと睨まれたが、俺だって睨み返してやる。

その間でシトエンが、あわわわとあっちを向いたりこっちを向いたりしていたが。

「わたくしが目を光らせておきます！」

びしりと挙手して駆け寄ってきたのはイートンだ。

おお、お前がいた!!

役に立つのかどうかわからんが、イートンも危機意識を持ったらしい。

シトエンのそばにぴたりと寄り添う。

「まあ、お好きにどうぞ。私は王子様が退室してくれればそれでいいので。ほら、ロゼ」

ため息交じりにモネが妹の名を呼んだ。

「王子様に温泉を見せてもらったら？　こんな大きなお屋敷に湧く温泉ってどんなのかしらね」

「う……うん。王子、見に行こう」

納得いかないけど仕方ないという顔でロゼは服をラックに戻し、いつもの元気をなくして俺の袖を引っ張った。

「王子。行こう、ほら」

どうしたロゼ、と思ったのは確かだ。

この場にとどまりたければ、「えー！　あたしも絶対いる！　姉さまの手伝いをする！」って言いそうなのに。で、モネもそれを最終的には許すだろうに……。

シトエンも気になったのだろう。俺と目を合わせ、「一緒にいてあげてください」と促した。

「じゃあ……イートン。あとは任せた」

めちゃくちゃ不安だが、という言葉はとりあえず飲み込み、ロゼと一緒に退室する。

そのままロゼがぼんやりと左に向かって歩くうしろをついて行った。

その背中がいつにも増して子どものようだ。

「なぁなぁ。ここの温泉は源泉かけ流しらしいぞ。触ると熱いかもしれないな」

少しでも励ましてやろうと、ちょっとだけはしゃいだ感じで説明してやる。

「そうなの……？　中に入って触っていいの？」

ためらいがちに尋ねてくる。

珍しいな。こいつならグイグイ来ると思ったのに。

「女湯ならな。まだシトエンは使わないだろうし」

男湯はもうすでに班長クラスが入っているかもしれん。

追い出して見学させてもいいが……。まあ、それも可哀想だろう。

「女湯と男湯があるの？　このお屋敷、もともとなんなの？　旅館？」

長い廊下を挟み、引き戸がいくつも並んでいる。

宿泊場といわれても確かに納得だ。

「バリモア卿が仰るには、ここは王族の湯治場（とうじば）だったらしい。だから王城から近いんだそうでな。今の王妃様はあまり足をお運びにはならないが、先々代の王妃様は足繁く通っておられたとか」

「へー」

「だから女湯と男湯、それから今日は団員が使う従者が使用する湯と、湯殿が三つあるんだそうだ」

「ねぇねぇ」

「なんだ」

「王子さまはシトエンさまと、このあと一緒に温泉に入るの？」

途端に膝の力がガクンと抜けて前のめりに転びそうになった。

狼狽えたことを誤魔化すために怒鳴りつける。

「な、なななななな何を言っているんだお前はっ！」

「照れてるの？　ねぇ照れてるの？　夫婦なのに一緒にお風呂に入ったことないの？」

「あ、あるぞ！　ある！　風呂ぐらい一緒に入ったことある！」

はい、もちろん嘘です！

プールにも今度初めて一緒に行くんです！

まさかそんなことをこの小娘の前で言えるわけもない。

「へー。本当に？　それなのにこの温泉は一緒に入らないんだ。もったいない」

「今は公務！　公務中はそんなことしない！」

「ふぅううん。夫婦なのに？」

ニヤニヤ笑うロゼを、ギリギリと歯ぎしりしながら睨みつける。

というか、世間の夫婦はどうなんだ⁉　一緒に入ってんのか⁉

いますぐ誰かに確認したい衝動を抑えていたら、警備の団員に敬礼されて我に返る。

う、うむ。ちゃんと配置についているようで素晴らしい。

返礼をすると、ロゼも見よう見まねで俺の隣で敬礼をしていた。

「王城を出たからこんなに警備が厳しいの？」

ロゼの気持ちもだいぶ上向きになりつつあるようで、ほっとした。

「それもあるが、もともとシトエン、なんか狙われてるからな」

「そうなんだ……」

呟くロゼがまた元気なさそうに見えたから、わしわしと頭を撫でてやった。

「ちょ……っ、やめてよ。なにすんの！」

「心配するな。どんなやつが来ても俺が撃退してやる」

ロゼに手を払われたが、腰を屈めて顔を覗き込み、にっと笑う。

「シトエンも、シトエンが大事にしているものも傷つけやしない。まとめて俺が守ってやる。だからお前も安心しろ、な？」

「……子ども扱いしないでよっ」

ロゼは顔を背けてまた歩き出した。

ころころ気分が変わるんだから、やっぱり子どもじゃないか。

「もしなにか異変に気づいたら俺に言えよ」

ロゼの背中に声をかけたが無視された。

でもいつまたなにが起こるか分からない。特にここはシトエンの母国だ。こんなところで、あんなに大事にされている娘になにかあったら……。

「ここだな」

廊下のつきあたりに、大きめの引き戸がふたつ並んでいる。

戸の上部に青いすりガラスがはめられているのが男湯。赤いすりガラスが女湯だ。

「誰も入っていないと思うが、ちょっと確認してくれ」

「はぁい」

ロゼが女湯の引き戸に手をかけ開く。

ふわ、とすぐに鼻先をかすめたのは硫黄独特の臭い。

「……あたし、この臭いきらい」

ロゼは顔を盛大に顰めながら中に入り、すぐに戻ってきた。

「誰もいないよ」

念のため戸は開けたままにしておいて俺も足を踏み入れた。

入ってすぐは脱衣所で、幕をくぐると、もわりとした湯気が顔を撫でた。

周囲から見えないよう背の高い竹垣で囲われたそこには、黒御影石を敷き詰めた洗い場と、大理石や黒御影石を使って組み上げた湯船がある。

湯船はどうやら男湯とつながっているらしい。

間に竹垣の仕切りはあるが、縁石は隣に続いていた。

一番奥には石で作った竜の頭があり、その口からだばばばばばと湯が出ている。あれが源泉につながっているんだろう。

「これ、夜はもっときれいなんだろうな。星を見ながら風呂に入るとか、贅沢だな」

周囲は竹垣に囲われているが、屋根はないから絶景だろう。シトエンともし一緒に入れでもしたら盛り上がるだろうな。

そんなことを考えていたら、袖をつんつんと引かれる。

「ねえねえ」

「ん?」

顔を向けると、ロゼは中腰になって温泉を覗いていたが、急に上体を起こしていたずらっぽく笑う。

「あたし、この温泉に入りたいなー」

「お前ら商談が終わったらすぐ帰るんじゃないのか？」

「だからさ、今一緒に入らない？　あたしと、この温泉に」

「は？　なんだ。ひとりで頭が洗えないのか？　やっぱり子どもだな」

だが、ロゼは途端に顔を真っ赤にして怒った。

「頭ぐらいひとりで洗えるわよっ！　そうじゃなくって！　今はシトエンさまも誰もいないんだから、ふたりだけで温泉に入ろうって言ってるの‼」

「なんで俺がお前と入らないといかんのだ」

まったく意味がわからないと答えたのに、ロゼはさらに顔を赤くして地団駄を踏んだ。

「誘ってんのよ、このバカ熊！　なんでわかんないのよ！　ロゼとお風呂に入りたいとか一緒に寝たいって人、山ほどいるんだよ⁉　お金だっていっぱい払ってもいいとか言うんだから‼」

「お前……そんなやばいやつとつきあうな。それに、そんなことはお前には早い。そもそもまだガキじゃないか」

恋愛に興味がある年頃なのはわかるぞ、うん。

「ガキかどうか見せてやるわよ、もうっ！　バカにして‼」

そう言いながら、いきなりスカートをがっしり掴み、まくり上げようとするから目が点になる。

「おい、ロゼ……」

やめろ、というより早く。

「はい、そこまでー。手を下ろして、なにもしないで離れて。ほら、団長に触らないで」

いつの間にか入ってきたのはラウルだ。

まるで警備兵のようにロゼに近づき、スカートを掴んだ手をパシッと軽く叩いた。

「いったーい！　なにすんのよっ」

「それはこっちの台詞だ。お前団長になにしようとした。出ていけ」

「はあ⁉」

「ほら、出ろ。団長も出ますよ」

来いとばかりにロゼを引っ張って行くラウルにじろっと睨まれ、素直にあとに続く。

「だから言ったでしょう。危ないって」

小声でラウルに言われたが、顔をしかめずにいられない。

「危ないもなにも、ガキじゃないか。それより、俺からすれば女湯の真隣が男湯というのが気になりすぎる。シトエンが入っているときは絶対誰にも使用させるなよ」

ラウルに命令したら、「はいはい」と軽く流されてしまった。腹が立つ。

「ねぇ、お姉ちゃん」

腰のベルトにナイフを数本仕込みながら、ロゼはちらりと姉に視線を送る。

モネは防刃用のベストを着こみ、紐で固定しているところだった。

豊かな胸は潰れ、身長も相まって体格だけ見るとまるで青年のようだ。

その上からロゼと揃いの黒装束に身を包む。長く美しい髪は団子にして頭のうしろで留め、ほどけないように上から黒布で覆っていた。

「なあに、ロゼ」

モネは傷口が開かないよう幾重にも包帯を巻いたうえ、薄い竹板をあてた右腕を幾度か動かしている。動きをチェックしているのだろう。

「……やめない？　上にはさ、さすがティドロスの冬熊でしたー、ぜんぜん隙がありませんーって言ってさ」

ロゼがわざとおどけて言えば、モネはふふふと愉快そうに笑った。

「そうね。じゃあロゼは山を下りなさい。あなたの足ならまだ荷馬車に追いつくわよ」

「そうじゃ……なくて」

ロゼはうつむき、口を尖らせた。

ブン、と耳元を飛ぶ羽虫を手で追い払う。

確かにロゼが走れば、シトエンの服を乗せた荷馬車には追いつくだろう。

だが、それに合流するのは、自分だけではなく姉も一緒がいいのだ。ひとりでここを去っても意味がない。

「ロゼはちゃんと建物内部や温泉の様子、警備の配置を探ってお姉ちゃんに教えてくれたわ。もうあなたの仕事はおしまいなのよ?」

姉には、サリュを誘惑したことは伝えていない。

実際失敗に終わったし、姉から頼まれたのはあくまで〝警備と浴場のチェック〟だったのだから。

むすっとしたまま黙っていると、モネが手を伸ばしてロゼの頭から黒い覆い布を外した。

「あ……」

「髪の毛が出てる。ほら、うしろを向いて」

てっきり、『山を下りろ』と言われるのかと思ったが違うらしい。

ほっとしてロゼは大人しくモネに背中を向けた。

ここは、サリュやシトエンが宿泊している屋敷のすぐそば。

木々が多く岩場が影を作り、モネやロゼから屋敷内の様子は見えるが、向こうから気づかれる心配はないという最高の場所だった。

「大丈夫よ。この任務が終われば、私もあなたも自由」

ロゼの髪の毛を結い直し、もう一度黒布で頭を覆ってやりながら、モネは歌うようにそんなことを言う。

「自由……」

ロゼ自身は自由というものがどんなものかわからない。

物心ついたときから、ロゼは〝清掃人〟たちの中にいた。

命令が下れば、それに従うのは当然だと思っていた。

幼い頃はターゲットを油断させる道具として使われるか、技を仕込まれるかのどちらかだった。

暗殺や閨房術（けいぼうじゅつ）を駆使して任務を遂行していたのは姉のモネだった。

しかし、ロゼが色仕掛けをつかった仕事ができる年頃になっても、モネがそうさせなかったのだ。

『やめて。その仕事なら私が受けるわ』

上層部や父からロゼに下る指令を、モネは強引に取り上げ続けた。

『いいよ、お姉ちゃん。あたしが……』

『お姉ちゃんは最強なのよ。だから任せて』

モネは柔らかく微笑み、任務を成功させてロゼの元に戻って来る。

『ただいま。ね？　大丈夫だったでしょう？』

そうやってまた微笑む。

だけどロゼは知っていた。

モネは微笑むために、どこかでひそかに涙を流して帰ってくることを。

『お母様がいなくても、こうやって生活ができるのはお父様のおかげね』

モネはそう言っていたが、ロゼは自分の手を汚さず子どもを使役する父親のことをクソだと思っていた。

姉はこんな仕事などしたくない。

それなのに、続けなくてはならない理由。

それは自分だということが、さらにロゼの心を重くする。

自分が妹という立場でなければ。

姉なら。

いや、兄なら。

サリュのように太い腕を持ち、大きな身体と強靭な筋肉があれば姉を守れるのに。

姉を泣かせずに済むのに。

どうしようもないことを嘆いても仕方がない。

だから言ったのだ。

『お姉ちゃん。あたしもう、こんなところ嫌だ。一緒に抜けよう』

そのときの姉の表情を、ロゼは一生忘れないだろう。

モネは心底嬉しそうに笑ったのだ。

『そうね。お姉ちゃんも……ほんの少しだけそう思っていたの。お父様に相談してみましょう』

結果、モネとロゼには〝最後の指令〟が下った。

ティドロス王国第三王子妃シトエン・エル・ティドロスを暗殺せよ。


そうきたか、とロゼは地団駄を踏んだ。

父親も上層部も、自分たちを解き放つことなど考えていない。

ここから抜けるには死ぬしかないのだ。

シトエン暗殺が何度も失敗したことは清掃人たちの中では有名だった。

選りすぐりの清掃人が送り込まれたというのに、作戦はすべて失敗。

さすがティドロスの冬熊とその騎士団だと話はすぐに知れわたった。

自分たちにもできるわけがない、とロゼは姉に訴えた。

『あたしが間違っていた。お姉ちゃん、このまま組織の中にいよう』

そして隙を窺い、逃げ出すのだ。

そう言ったのに、姉は千載一遇のチャンスだとばかりに目を輝かせて意気込んだ。

『大丈夫。お姉ちゃんに任せていればいいから』

あとから仲間に聞いたことだが、任務に失敗してもモネが死ねば妹は自由にすると上層部に言われたらしい。

(お姉ちゃんが焦ってる……)

その理由に、ロゼは気づいていた。

いくらモネがあがいても、このまま組織に残ればロゼもいつかは閨房関係の仕事につかざるを得ない。

モネは必死になっていた。

(こんなことでもあたしはお姉ちゃんの足手まといだ……)

俯くロゼを、背後から優しくモネは抱きしめた。

「心配することない。お姉ちゃんがちゃんとやるから」

「でも……あのシトエンって人、いい人だったよ」

姉の腕を振り払い、ロゼは姉を見上げる。

「お姉ちゃんを真剣に看病してくれたし、サリュって男も悪いやつじゃない」

清掃人の仕事は暗殺だけではない。

要人の護衛もある。

貴族や王族の身代わりになったり身辺警護にあたったりするのだが、身分が高ければそれだけプライドも高い。モネもロゼも何度ゴミのように扱われたか。

だが、シトエンは違った。

接触するためにわざとモネは自らの身体に刃を入れたのだが、それによって発した熱で動けなくなったとき、親身になって看病してくれた。汗を拭き、衣服を着替えさせ、嘔吐物の処理さえしたのだ。

正直、驚いた。こんな貴族がいるのかと。

サリュについてもそうだ。

閨房関係の仕事についてこそいなかったが、ロゼはよく男に声をかけられた。なんなら手を出そうとされたこともあるのだが、サリュはロゼにまったく興味を示さない。

眼中にあるのは妻のみだ。

サリュの言葉が耳に蘇る。

『シトエンもシトエンが大事にしているものも傷つけやしない。まとめて俺が守ってやる』

そういって頭を撫でてくれた。

こんな貴族や王族を見るのは初めてだった。

『もしなにか異変に気づいたら俺に言えよ』

その異変を起こそうとしているのは自分たちなのだ。

ロゼの胸に鋭い痛みが走る。

「……なにが……正しいの？」

「……お姉ちゃんが、やるから」

モネはロゼをふたたび抱きしめる。

「今までちょっと失敗したけど、今回は大丈夫。ね？　お姉ちゃんに任せて」

ロゼは知っている。

本当なら受傷後、体力が回復して『最後の夜ですから』と一緒にベッドで過ごしたとき、姉はシトエンを殺すべきだったことを。

ふたたび出会い、『ロゼは王子様に屋敷内を案内してもらったら』と促したあと、侍女ともども殺すべきだったことを。

だけど姉は殺せなかった。

親切にしてくれたシトエンを殺したくなかったのだ。

「今回は、絶対遂行するから」

モネはロゼの首元に顔を埋め、背中を優しく撫でた。

「自由になろうね」

「……うん」

抱きしめ返して頷く。

ロゼは、モネにこそ自由になってほしかった。

数時間後。

入浴の準備ができたというので、シトエンが使用している部屋に向かった。

ドレスや小物一式が決まり、仕事を終えたモネとロゼが『それでは衣装は王宮にお届けします』と屋敷から出たあと、どっと疲れたのかイートンは寝込み、シトエンは『温泉に入ってゆっくりしたいです』と俺に言ってきた。

まだ深夜ではないが、昼間ほど視界がいいわけじゃない。

一応見回りと危険物がないかのチェックを行い、団員を各所へ配置させてからシトエンの入浴だ。

それが終わるまで部屋で待っていてくれ、と伝えるとシトエンは『ありがとうございます』と自室に下がって行ったのだった。

「シトエン。準備ができたぞ?」

ノックを三回したあと声をかけると「はい」とすぐに返事があり、着替えを入れた布包みを持ったシトエンが出てくる。

「イートンは？」

「疲れているようでしたので、もう大丈夫と伝えて下がらせました」

ユキヒョウ（モネ）との闘いが相当なものだったと思われる。

だがよくやった。おかげでシトエンは無事だ。

「ロゼちゃんはどうでした？」

扉をきちんと閉め、シトエンは布包みを抱きかかえて歩き出す。

「ラウルとケンカして大変だった」

「まあ。わたしのほうも、モネさんとイートンが言い争いを始めて」

小さく肩を竦める姿が可愛い。

「とにかく温泉に入ってゆっくりしてくれ。今日は晴れているから星が見えてきれいじゃないかな。俺は男湯で待機してるから、なにかあれば声をかけてくれたらいい。ほかにも警備はいるから安心してくれ」

説明をすると、シトエンは顔を赤くしてもじもじする。

「あの……」

それからおずおずと上目遣いで俺を見上げた。

「なに？」

と言いながら、ふと頭によぎったのはロゼの『一緒に入る？』という言葉だ。

え。

も……もしかして。

誘われる？

俺、誘われてる⁉

いや、待てよ？

こういうときは俺が誘ったほうがいいのか⁉

どっちだ！！！

誰か教えてくれ……っ！

ここは男から声をかけるべきなのか⁉⁉

そ……そうかもしれん。俺から言うほうがいいのかもしれん。

頭の中で目まぐるしくシミュレーションする。

『さっきも言ったように星がすごくきれいに見えるんだ。ティドロスとタニアでは星座も違うかもしれない。一緒に温泉につかりながら確認してみないか？』

とか！

『かがり火は焚いているけど暗がりも多くて危ないかもしれないから、念のため一緒に入ろうか？』

とかはどうだろう!?

うむ、これだ!! この二案どちらかでいこう！

シトエンあの……っ。

「この温泉がどうして王家所有だったのか、父に聞きました？」

ぜんっっっぜん、違った！！！！

俺、言わなくてギリギリセーフ！！！！

まだ公務中ですよって可愛く叱られるところだった！！！！

「いや、聞いてないけど」

冷や汗だらだらで答えると、シトエンはぎゅっと布包みを抱きしめて身体をちぢめる。

ん？ なんだ、どうした。

「その……代々王妃様方がお使いになるようなのですが……」

「先代の王妃が、というのは聞いた気がする」

「温泉にはそれぞれ効能というのがありまして。この温泉は肩こりにきくとか、肌がきれいになるとか、馬も元気になるとか」

シトエンの顔はどんどん赤くなり、それを隠すように布包みがもち上がっていく。

「それだけじゃなく、子宝の湯だそうで……」

ぽかんとしてしまったのは、子宝というのが一瞬理解できなかったのと……。

は!? 馬が元気になるだけじゃなく、〝馬並み〟に俺も元気になるってこと!?

「タニア王からだけではなく、父からも……その、しっかり励めと言われてしまって……」

もはや最後はなにを言っているかわからないし、なにより絶対前が見えてないだろうっていうぐらい、シトエンは布包みに顔を押し付けちゃっている。

「だからあの年齢のおじさんたちって嫌いなんですっ！　すぐそんなこと言いだしたりするんだから……っ。デリカシーがないというかなんというか！　特にお父様なんて、本当にもう、帰国してからずっと余計なことばっかり……っ！」

珍しく声を荒らげてシトエンがバリモア卿のことをなじるもんだから、なんとなくこれはフォローしなければと焦る。

「いや、舅殿もいろいろお考えがあって……」

「考えなくていいことを考えているから腹が立つんですっ」

「じゃ……じゃあ、俺頑張るから！　バリモア卿やタニア王に心配されないように！」

勢い込んで言うと、シトエンがガバッと布包みから顔を離す。

温泉に入る前だというのに、ゆでだこのように顔をほてらせて俺を睨みつけた。

「まだ公務の最中です！　なにを頑張るんですかっ。もう、信じられません!!」

お……怒られた……。

バリモア卿とタニア王を庇ってシトエンに怒られた……。

愕然としていたら、早足でシトエンが去っていく。

あわわわわわ、とそのうしろをついていくのだが、シトエンは振り返ることもなく一目散に女湯のほうに入り、俺の鼻先でぴしゃりと戸を閉めてしまった。

あああああああああ……。

シトエンが怒っている……。

入口の警備は団員に任せ、俺は中から警備をすべく小走りになって男湯のほうに入ると、湯船のそばにしゃがみこんで物珍しそうに中を覗き込んでいるラウルの姿が目に入った。

「ラウル!!」

「団長……って、どわあああっ！　あっぷ……危ない！　落ちるかと思った!!」

いきなり背後からラウルに抱き着いたら、勢い込んでそのままふたりして温泉にダイブしそうになった。

すんでのところでラウルが俺をおんぶするような形で造形用の御影石にしがみついて防いでくれた。

「ラウル……。シトエンに嫌われた……」

「なに言ってるんですか。団長が好かれたことのほうが今まで不思議だったんですよ」

「さらっとなに酷いこと言ってんだお前」

「で、なにしたんですか」

「ここ、子宝の湯らしい」

「……はあ」

「シトエンがバリモア卿やタニア王にしっかり励めと言われたらしく、『あの世代のおじさんってすぐそんなこと言い出したりする』って怒るから、『バリモア卿やタニア王に心配されないように、俺も頑張る』って言ったら……」

「あんた、阿呆でしょう」

背中にしがみついていたら、呆れたような声で言われる。

ラウルは俺に背中を貸したまま、こちらに顔を向けて残念な人を見るような目で俺を見た。

「なんでそんなこと言うかなぁ」

「俺はバリモア卿とタニア王を庇ったんだぞ！」

「庇ったり気遣う相手はシトエン妃のほうでしょう。まあ、ちゃんと謝ったらどうですか？　で、とにかく今はお隣に集中して。ほら、ご入浴中ですよ」

よいしょ、とラウルが立ち上がるから、俺も背から下りて立ち上がらざるを得ない。

ざざっと湯が流れる音に続いて、とぷんと音がする。

シトエンが湯に入ったらしい。

それ以降はなにも聞こえない。

ラウルから離れ、隣との間の竹垣を見た。

当然だけど向こうの様子は見えない。

俺の背丈より高い遮蔽物が夜の闇に混じってそびえたつ。

「……ここはぼくが待機しておきますから、団長は女湯の前でシトエン妃を待っていますか？」

竹垣をぼんやり見上げていたら、ラウルに小声で提案された。

「シトエン妃も恥ずかしかっただけで、団長のことを本気で怒ったわけじゃないでしょうし。団長のほうから『さっきは言葉足らずで』と言えば、向こうも折れやすいでしょう」

「……そうしようかな」

うなだれたまま呟く。

正直なところ、見えないとはいえシトエンが裸で無防備にしている近くに男がいるのは嫌だが、ラウルなら安心だ。

こいつに任せて、女湯の前で待ってるほうが頭も冷えていいかもしれない。

「じゃあ……」

よろしく、と言いかけたのだが。

「あっ!」

隣からシトエンの驚いた声が上がった。

だぶんっ、となにかが水に沈む音のあと、バシャバシャと激しい水音が続いた。

「シトエン!?」

呼びかけたのに返事がない。

激しく湯の表面を叩く音だけが響き続けていた。

女湯に向かおうとした俺をラウルが引き留める。

「飛び越えるほうが早い!」

ラウルは言うと、湯の中に入り竹垣を背に立ち、指を組み合わせて俺と相対する。

俺は返事もせぬままラウルに向かって駆けだし、ラウルが作った足掛かりに右足をかける。

ぐい、とラウルが押し上げてくれたタイミングで宙を飛ぶ。

その勢いのまま竹垣を超えれば、眼下に女湯の様子が見えた。

石灯篭が五個。温泉を囲むように設置され、そのすべてに灯がともっている。

橙色の光が湯面を照らし、中央にはシトエンらしい姿。

湯に沈んでいるから白い身体と銀色の髪しかわからない。

そして、湯の中でシトエンを上から押さえつけている黒ずくめの人物。

「シトエン！」

名を呼んだ直後には、女湯に着水していた。

ザブンと湯柱があがり、黒ずくめの人物が反射的にこちらを向く。

顔も布で覆われているから表情はわからないが、まさか仕切りを越えて助けが来るとは思っていなかったらしい。

手が緩んだのだろう。湯からシトエンが顔を出し、苦しげに咳き込む。

途端にまた黒ずくめの人物がシトエンの頭を湯の中に沈めた。

そこからはもうなにも考えられなかった。

力任せに黒ずくめの顔をぶん殴る。

顔というより、首から右耳の辺りだったのかもしれない。

手ごたえは多少あったが、致命的な一撃にはならなかった。

黒ずくめはよろめき、シトエンから手を離す。

その隙にシトエンの腰を抱え、一気に引き上げる。

激しく咳き込むシトエンを横抱きにして、黒ずくめを睨みつけたままゆっくり下がる。

とにかく湯から上がらないと足場が悪い。

黒ずくめはさっきの一発で軽い脳震とうを起こしたのか、頭を左右に振ってよろめいている。

シトエンは荒いながらも呼吸が安定してきた。

ほっとしつつ、黒ずくめを凝視する。

湯でぴたりと服が張り付いた身体を見て、違和感を覚えた。

上背はあるが、それに対してやけに線が細い。

じりじりと後退しながら様子を窺っていたら、かすかな物音がした。

視線だけ移動させると、なにかが光った。

シトエンを抱えたまま左に身体をひねれば、カンっと硬質な音がして大理石の岩になにかが当たった。

ナイフだ。

柄（つか）が極端に短い。

シュッ、シュッと空気を切る音と共に、背後からナイフが次々に飛んでくる。

「くそっ！」

とにかく湯から上がりたい。ブーツで飛び込んだものだから、中に湯が入ってかなり重い。

どこだ。

どっから投げている！

敵はシトエンを沈めた黒ずくめを含めてふたりなのか？　もっといるのか⁉

様子をうかがいながら逃げ回っているうちに、ようやくナイフが尽きたらしい。一瞬、空白が生まれる。

その隙に湯を蹴散らしながらシトエンを抱えて湯船から出た。

片足を振って靴を脱ぎ捨てようとしたら、盛大な湯音がした。

湯の中にいた黒ずくめが手甲鉤をはめて俺に向かって突進してくる。

「ふざけんなよ、おい。いい度胸だな」

なんとか右足だけ靴が脱げた。

黒ずくめに対し、片頬で嗤ってやる。

「温泉につかるサルに、冬熊が仕留められると思うのか？」

手甲鉤が振り下ろされるギリギリを待って素早く下がった。

鉤が俺の前で空を切る。

黒ずくめが前のめりになっているところを、どんと胸を蹴って突き放し、蹴った足を床につけ、軸足に変えて身体を半回転。

よろめいている黒ずくめの横っ腹を蹴り飛ばした。

今度は確実ヒット。

だが、相手は腹になにか巻いているらしい。

黒ずくめは横滑りに移動したが、思ったほどダメージを受けていない。

「ちっ」

舌打ちしたとき、視界の隅でなにかが光った。

またナイフだ。

方向と高さから、狙いはシトエンだと察する。

身体をよじるようにして背で庇った。

「……っぅ！」

痛いというより、熱さに近いものを右肩に感じた。

ナイフが刺さっている。まあ、斬られるよりましか。

「ぁああああっ！」

声にならないものを発して、黒ずくめのやつが手甲鉤を振り上げて襲ってくる。

確実に俺の反応が遅れた。

もう下がる時間はない。

向き合い、低姿勢のまま突進する。

手甲鉤が振り下ろされるより先に体当たりをし、相手の体勢が崩れた隙に足を引っかけた。

たたらを踏むが、黒ずくめはそれでも倒れない。

互いに動かず睨み合っていると――。

「団長！」

ようやくラウルたちが入り口から飛び込んできた。

「遅ぇよ!!」

俺の怒鳴り声に弾かれたように黒ずくめは一目散に逃げだした。

竹垣を超え、温泉の向こうにある崖のほうに身をひるがえす。

それに続くのはもう一つの影。

「内側から鍵がかかっていて……っ！　どこ行きました!?」

抜刀したラウルが大声をあげる。

「竹垣の向こう！」

「スレイマン班、行け！　って、うわ！　団長怪我!!」

「それよりシトエンだ。ちょ……。お前、見んなよ」

「見ませんよ」

ラウルが自分の上着を脱いで俺の腕の中で気絶しているシトエンにかけてくれた。

「部屋に連れて行く」

「あと団長、ブーツは脱ぐか履くかどっちかにしてください」

「お前、今そんなことどうでもいいだろうよ」

俺は呆れるが、ラウルは次々に団員に指示を出した。

「全員、草の根分けてでも賊を見つけ出せ！　団長の弔い合戦だ！」

「おう‼」

「俺は死んでねえ‼」

◆九章◆

俺と可愛い嫁は謝罪式に臨む

三日後。

俺たちはふたたびタニア王城内にいた。

モネが見立ててくれた服とアクセサリーを身につけたシトエンをエスコートし、長い廊下を歩く。

「シトエン、体調は大丈夫か？」

顔を近づけ、そっと声をかける。

俺の腕を取ったシトエンは柔らかく笑みを浮かべて頷く。

「わたしはもう。むしろサリュ王子は大丈夫ですか？」

シトエンが俺の右肩をそっと撫でる。

「もちろん。あれぐらいなんてことはない。肉を食ったら治る」

なあ、と背後のラウルに声をかけると、呆れたように無言で肩を竦められた。

「わたしを庇って……。本当に申し訳ありません」

シトエンがまた落ち込むから慌てる。

事件のあと目を醒まし、俺がシトエンを庇って負傷したと聞いた直後、すごい勢いでやって来て傷を確認していた。

その時は今にも泣き出しそうな顔で、『無茶しないでっていつも言っているじゃないですか』とか『サリュ王子がわたしを案じて下さるように、わたしもサリュ王子が本当に心配なんです』と最後には涙声になって俺に訴えた。

　それ以来、ずっとこんな感じだ。

　ともかく、襲撃者は特定せねばならん。

　結婚前からシトエンを狙っているやつらと同じ連中なんだろうか……。

「こちらでございます」

　先を歩いていた侍従が大きな扉の前で足を止め、俺たちに向かって頭を下げる。

　数日前にも来た謁見室だ。

「ティドロス王国サリュ王子、シトエン妃」

　衛兵が訪いを告げ、扉が開く。ちらりと見たところ、ラウルはここで待機するようだ。

　シトエンを連れて中に入る。

　中も以前と同じだ。

　最奥に壇が用意され、今日は御簾が下ろされていた。

「お久しぶりです」

　シトエンが足を止め、会釈をする。

　立ち上がる気配がしたほうに顔を向けると、そこにはアリオス王太子がいた。文官らしき連れの者がうしろに控えている。

「久しぶりだな、シトエン。遠路はるばる迷惑をかける」

ジャケットのボタンを留めながら、アリオス王太子が目を伏せた。

おや、と思ったのは確かだ。

俺とシトエンの結婚式で会ったときと、ずいぶん雰囲気が違う。

あのときは周囲の空気を読まないいけ好かない男だと思ったが、今は自分の立場を自覚し、己がなしたことを本当に悔いているように見えた。

表情やたたずまいもそうだ。どこか浮ついた、ヘアスタイルばっかり気にするような軽薄な男だったのに、年相応の場にふさわしいふるまいをしている。

「こちらこそ。このような場を用意してくださったこと、なんと申し上げればいいのか」

シトエンが言葉を濁した。

そうだよなぁ。恥を知れって言うのも変だし、ありがとうと言うのはもっとおかしい。

「今更遅いのだが、自分が犯した愚かな過ちを心から詫びたい。王太子という身分を深く考えず国を危うくし、民に苦労をかけるところだった。シトエン、君にも本当に申し訳ないことをしたと反省している。タニア王にずいぶんと口添えをしてくれたと聞く。こちらこそ、言葉がない」

「そうだったのか？」

「民が巻き添えにあうのはやはり違うと思いますし……」

シトエンが長いまつげを伏せた。

「サリュ王子にもご足労いただき誠に申し訳ない」

アリオス王太子が俺に対して頭を下げる。

うお、こいつやっぱり変わったな。

「いや、なんのなんの。お互いの国のことだ」

そう応じると、アリオス王太子は顔を上げ、ちらりと周囲に視線を走らせた。

なんだろうと思っていると、一歩俺に近づく。

「サリュ王子……」

「はい？」

相手が小声なので、俺も声を潜めたのだが。

慌てて俺たちは椅子にかける。文官は壁際に下がった。

「タニア王のご入室です」

衛兵が声を上げる。

シトエンが頭を下げるので、俺も倣う。ついでにいえばアリオス王太子も見よう見まねだろう。

タニア王と数人の貴族が入室する足音がした。

そのままタニア王はまっすぐ壇上に向かい、定位置に座ったようだ。

「一同、おもてを」

言われて顔を上げるが、タニア王は御簾の中。

謝罪されるとしても、アリオス王太子の顔は見たくもないということのようだ。

「ルミナス王国王太子、なにやら予に申したいことがあるとのことだが」

平坦な声にアリオス王太子は立ち上がり、床に片膝をついて頭を下げた。

「畏れ多いことでございますが、タニア王国国王陛下とシトエン妃に正式に謝罪をいたしたく」

「許すゆえ、申せ。シトエン。ここへ」

御簾の中からシトエンを手招いている様子だ。

シトエンは返事をして、足音もなく御簾の前に控える貴族たちのそばに近づいた。

貴族たちは一斉にシトエンへ頭(こうべ)を垂れる。

小柄で可愛らしいのに、貴族たちを従えた様は王族の風格をまとっている。

もともとシトエンが持つ竜紋は、王族でも限られた人間にしか施されていないと聞いた。

シトエンはそれだけこの国で特別な存在なんだろう。

「失礼いたします」

アリオス王太子はシトエンと壇上にいるタニア王の前まで進み出ると、また片膝をついて頭を下げ、謙虚に語り始めた。

「タニア王陛下には格別のご配慮を賜り、竜紋を持つ尊いお方をお預け頂きましたのに、無知のため現ティドロス王国第三王子妃殿下シトエン様ばかりでなくサリュ王子殿下にもご不快な思いをおかけしましたこと、誠心誠意お詫び申し上げます。また、そのために自国を危うくし、民に混乱を招いておりますこともすべてわたしの責任であり、深く反省しております」

その声や表情にひとつも嘘はないだろう。

虚飾もなければ、誰かのせいにするような卑怯さもない。

単純な熊頭だとうちの王太子には笑われそうだが、俺はちょっと心を打たれさえした。

「どうか、寛大なお心でお許しください」

アリオス王太子は頭を下げたままそう締めくくった。

「シトエン」

タニア王が声をかける。

「はい、陛下」

「先日、ルミナス王国の宰相が親書を持参し、同じように謝罪をした。今日、このように王太子も来て謝罪をしておるが……。いかがいたす」

「わたしにとってはもう、過去のことです。今はティドロス王国で幸せに暮らしておりますので……」

シトエンが壇上に向かって頭を下げる。

「陛下、どうぞ広いお心をお示しくださいませ」

「うむ」

タニア王は唸ると、ひとつ息を吐いた。

「シトエンに免じて許そう。書状を用意する。国に持ち帰るがよい」

「ありがとうございます……っ」

アリオス王太子は一息に言ったあと、しばらく肩を小刻みに震わせ、やがてほっとした表情を浮かべた。

「歓談の場を用意し、この者たちをもてなせ」

ガタリと椅子が揺れる音がして、壇上からタニア王が下りて来る。シトエンや他の貴族たちが頭を下げるから、慌てて俺も頭を下げた。こういうのも見ちゃいかんのか。

そうしてタニア王が退室され、扉がぱたりと閉まる音を硬直して聞いた。

「それではお茶の用意をさせていただきます。準備が整うまでこの場でお待ちを」

貴族のひとりがそう告げ、部屋を出て行く。

やれやれ、だ。

俺はただ座っていただけだが、なんか身体中のあっちこっちが凝った。

「至急このことを国に知らせよ」

アリオス王太子はすぐに壁際で待機している文官に指示を出していた。

「お疲れさまでした。これで公務は終了ですね。タニア王国まで一緒に来てくださってありがとうございます」

シトエンが微笑んでくれる。

「ああ、そうだな。明日、予定通り発つか？　それともまだしばらく……」

「もう会いたい人には会えましたし、予定通り今日は実家に立ち寄って、明日ティドロスに向かいましょう」

シトエンを見て、無理してないかなと心配になる。

すぐまた帰ってこれるということはないのだ。少しぐらいゆっくりしてもいいのに。

「王太子殿下が用意してくださっているというプール付きの別荘も楽しみですしね」

頬をピンクにしてシトエンが言う。

忘れてたあああ！！！！！！

シトエンの水着！！！！

最速だ。

最速で別荘に向かう！！！！

「シトエン」

俺が旅程を頭の中で確認していたら、なれなれしくアリオス王太子が声をかけてきた。

「はい？」

「少し襟元が気になるのだが……一度侍女に直してもらってはどうか？」

さりげなくアリオス王太子がシトエンの襟元に触れる。

ちょ……っ！

お前、なにすんだっ！

掴みかかってやろうと思ったが、確かに糸くずのようなものがついている。

さっきからそんなのあったか？

「まあ。教えてくださり、ありがとうございます。サリュ王子、失礼いたします」

慌ててシトエンが部屋を出ていき、ぱたりと扉が閉まる音がした。

部屋の中には俺とアリオス王太子だけが残される。

一応合わせたほうがいいのかと、よっこらしょと立ち上がった。

「メイル嬢は息災か？」

なんとなく手持ち無沙汰なので尋ねてみた。

別にメイルのことはどうでもいい。根拠はないが、あの娘は元気な気がする。

「ああ。妃教育の真っ最中だ」

「それは……大変だな」

周囲が、とは言わずに飲み込む。

くすりと声がして、びっくりして顔を向ければアリオス王太子が笑っていた。

「いや、想像していることはわかる。家庭教師たちは頭を抱えているが……わたしのためにメイルは頑張ってくれているのだ。わたしも頑張らねばならぬ」

「言っちゃ悪いが……」

がりがりと頭を掻き、俺は口をへの字に曲げた。

「この騒ぎの元凶はあの娘だろう。察するに、アリオス王太子は嘘を吹き込まれたのでは？」

シトエンの身体にある竜紋は尊いものだから、一般の目に触れるようなことはない。

だからこそ、その形や色、ありさまは人の想像を掻き立てる。良くも悪くも、だ。

シトエンの身体には全身にウロコのような竜紋があり、それはぞっとするようなものだとアリオス王太子に吹き込み、嫌悪感をもたせたのはメイルだと俺は思っている。

「だがそれを信じたのはわたしだ。すべて己の不徳のいたすところ」

きっぱりとアリオス王太子は言い切る。

俺の目を見て話すその態度からは、以前のような甘ったれたところは感じられなかった。

「それに、仕方ないだろう。もうわたしは惚れてしまったのだ、メイルに」

アリオス王太子は笑い、肩を竦める。

「この気持ちはサリュ王子にもわかってもらえると思うが」

「……惚れたなら仕方ねぇな」

俺が返すと、珍しくアリオス王太子は声をたてて愉快そうに身体を揺らした。

「君やシトエンと出会い、わたしは多くのことを学んだ。申し訳ないこともしたし、本来ならば謝っても許してもらえぬこともしでかした。だから、君たちの寛容な心には本当に感謝している。そして、それに応えられる自分でありたい」

「そうか。頑張ろうぜ、お互い」

アリオス王太子は頷いたが、すぐに笑顔を消して俺に顔を近づけた。

「単刀直入に言う」

「え？」

「シトエンが暗殺集団に命を狙われている」

「……は？」

「わたしもできる限りのことをするが、まだ力が足らぬ。今はこれしか言えない。やつらの腕は確かだ、十分に気をつけろ」

「シトエン妃、ご入室！」

衛兵の声が響くと同時にアリオス王太子は俺から離れた。

「お待たせいたしました。もうすぐ茶会の準備もできるようですよ」

シトエンがにこやかな笑みを浮かべて入ってきた。

「あ……、そう……か」

声を出し、できるだけさりげないふうを装うので精いっぱいだ。

暗殺集団？

気をつけろ？

だが、なぜアリオス王太子がそのことを知っている？

いろいろ問い詰めたいのに。

「王太子殿下」

アリオス王太子は戻ってきた自国の文官に呼ばれて席を外し、そしてそのあとの茶会でもふたりで話す機会はまったくないまま別れてしまった。

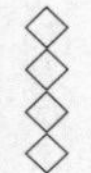

茶会の後はシトエンが育ったというバリモア卿の屋敷に行き、歓待を受けることになった。

もとをたどればタニア王家に連なるとは聞いていたけど、一貴族の屋敷とは思えない広さだ。

うちの団員約百人なんてまるまる収容できるし、なんなら馬場も巨大なのを裏山に備えているという。

考えたいことはあったが、ひとまずこの場で失礼がないようにと気合を入れていたら、応接室のようなところに案内された。

絨毯が敷かれた広い板間の部屋だ。

クッションが並び、銀のティーポットや茶器がローテーブルの上に広げられていた。

壁には絵画が飾られている。なんとなく次兄が好きそうな画だなと思った。

部屋の隅にはメイドらしい女たちが控えていて、いかにも女主人っぽい女性が近づいてきた。

「夫はまだ王城から戻れないようですので、かわりに私が」

姑殿らしい。

ふっくらとした体形に、これまたタニアの服がよく似合っている。

銀色の髪をきっちりと首のうしろで結い上げているのだけど、目元の笑いじわが柔和な印象を与えていた。

深々と頭を下げられ、俺は慌てる。

「いえ、こちらこそ。バタバタしておりまして、すみません。大事なお嬢さんをいただいたのにご挨拶にもうかがわず……」

ぺこりと頭を下げたものの、なんか視線を感じて恐る恐る顔を上げた。

姑殿が、まじまじと俺を見上げている。

……あれか？

こんな男がひとり娘の夫だというのが気に食わない、とか？

そういえば舅殿からも娘を任せられるか確かめたいと勝負を挑まれた。

姑殿からもなにかこう……攻撃的なもてなしがあったりするんだろうか。

「シトエン、あなた」

だが、両手で口元を隠し、ぷぷぷぷぷぷ、といきなり笑い出すから呆気にとられる。

「理想通りの殿方と結婚しちゃって、もう♡」

「お母様！」

珍しくシトエンが大声を上げた。

俺は驚いたが、姑殿はまったく気にしていない。手をひらひらさせる感じなんて下町のおっ母さんみたいだ。

「婿殿ご存じ？　この子は昔っから、か細い美青年には目もくれなくってね。不器用そうでごつくて逞しい感じの殿方が……」

「お母様、もう‼」

「貴族ってほら、ひょろ長い美形が多いでしょう？　この子のタイプに合う殿方なんているかしらって屋敷中で心配してたのに。ねぇ、ちょっとみんなうちの婿を見て！」

「はい。シトエンお嬢様にお似合いですわ」

「シトエンお嬢様の理想の殿方ですねぇ」

「やーめーてー!!」

顔を真っ赤にしてシトエンは怒っているが、他はみんなにこにこ笑顔。

シトエンは姑殿に文句を言ったり、メイドたちに注意したりしているが、みんなは「まあ懐かしいわねぇ」って感じで、見ている分にはほっこりする。

「夫が戻ってきたらまた婿殿を独占するでしょうから、お茶でも飲みながらシトエンの話をしませんこと?」

姑殿が悪戯っぽく笑う。

「ええ、ぜひ」

シトエンに関することなら喜んで!と、ぶんぶんと首を縦に振ったのに、シトエンに腕を掴まれて部屋から連れ出されてしまった。

「もう、お母さまったら! なんであんなことを言うのかしら」

俺の腕を引っ張ってずんずん廊下を進む。

本人は怒っているのかもしれないけど、そんな表情はこれまで滅多に見たことがないから俺としてはとても新鮮で嬉しい。

一方で、シトエンは昔から慣れ親しんだところから離れて過ごしているんだなとつらくなる。

「シトエン」

「すみません。もう父も母も……」

「そうじゃなくて」

　足を止めると、俺の腕を掴んでいたシトエンも足を止め、不思議そうに俺を見上げた。

「ごめんな。もっと早くにこうやって里帰りさせてやればよかったな」

「そんなことないですよ！」

　シトエンが目を丸くする。

「ティドロスではみなさん、本当によくしてくださっています。王妃様のことは第二の母だと思っていますし、王太子妃様のことは姉と思って慕っております。わたしはティドロスを自分の新たな故郷だと……」

「もちろん、俺たちティドロス王家はシトエンのことを家族だと思っている。でも、それ以前にシトエンはバリモア家に大事にされて、誰からも大切に育てられて……。みんなに見守られているなか、俺のところに送り出されたんだなって今回思い知ったというか……気づかされたっていうか」

　俺はシトエンに掴まれていないほうの腕を上げ頭を掻いた。

「シトエンに出会うまで付き合った女なんていなかったから、結婚相手がこんなに可愛い上に、素直で賢くて人付き合いも良くてうちの騎士たちどころか国民からも評判が良くて」

「朝起きて隣にシトエンがいるのを見たら最高な気分になるし、公務で一緒だったら『今日は一日一緒だ！』ってテンションが上がるし、目が合ってにっこり笑ってくれたらもう世界一俺は幸せな男だと思うんだ」

「そそそそそそ……っ。そのようなことは……」

「でも、俺ばっかりが嬉しくて騒いでた。冷静に考えたら、シトエンは寂しいときもあったよな。それだけじゃなく、きっとシトエンの周りの人も寂しかったと思う。俺、そんなことに気づかないぐらい浮かれまくって、シトエンを独占してた」

「そんなことありませんっ！　あの、わたしも……浮かれていました」

真っ赤になってシトエンが俯く。

「父も母もわたしを気にしてくれて、陛下もわたしのためにあんなに怒ってくださって。それなのにわたしったら、サリュ王子との生活が幸せすぎて周囲の人の思いなんてなんにも気づかず。配慮が足りませんでした」

「そんなことはない。一番浮かれてるのは俺だから」

「いえ、わたしだってふわふわしていました。毎日サリュ王子と過ごせてドキドキしています」

「俺のほうがもっとときめいていたと思う！　そして周囲にそれを隠そうともせずに生活

していた！」

「わたしも同じです！　イートンになんて思われていたでしょう。気を許しているとはいえ、きっとわたしずっとのろけていました」

互いに、〝我こそが新婚生活を満喫していた者である〟と申告し合っていたのだけど。

ふと我に返り、そこから腹を抱えて笑い合った。

「じゃあ、ふたりとも〝親不孝なぐらいにのろけた大バカ者〟ということにしよう」

そう言うと、まだ笑いの余韻を残しながらシトエンは頷く。

「そうだ。サリュ王子、わたしの自室に来ませんか？　母が申しました通り、父が帰ってきたらまた宴会が始まってそれどころではないでしょうから」

悪戯っぽく笑うシトエンに俺も笑って頷いた。

「今度は馬上試合を申し込まれそうだ。馬場もあるんだろう、ここ」

「本当ですね。父の馬をどこかに移動させておかなくては……」

ぶつぶつと策を練るシトエンに、俺はまた笑った。

シトエンと手を繋いで廊下を歩く。

時折使用人とすれ違うが、微笑ましそうに会釈され、そのたびにシトエンは恥ずかしそうに顔を赤くした。可愛い。

「ここです。母からはなにも変えていないと言われているんですが……。ちょっと待ってくださいね」

念押しをして、少し扉を開けて自分だけ顔を突っ込む。

きょろきょろ窺っているこの……うしろ姿も可愛い！！！！

小動物が岩間に首をつっこんで中の様子を覗いているみたいで、すごく可愛い！！！！

あー……なにこれ。

なんでこんなふうにちょっとしたことで俺を誘惑するんだ。

公務は終わったけど、まさかシトエンの実家で事に及ぶことはできねぇし……。

俺の禁欲生活は続くのにさぁ！

なんで嫁はこんなに可愛いのか！！！！

「大丈夫です。みんながきれいにしてくれているみたいで……」

ほっとした様子でシトエンは振り返る。

「……どうされました？　サリュ王子」

「なんでもありません」

両手で顔を覆ってうめく。

可愛いうしろ姿は目の毒だと思って、途中から目を閉じていましたとは言えない。

「どうぞどうぞ。窓を開けますね」

扉を大きく開いてシトエンが俺を招く。

「失礼しまーす……」

よく考えたら女性の部屋って初めて足を踏み入れるんじゃないか、俺。

物心ついた頃から幼年兵学校だの、陸軍士官学校だのの寄宿舎に放り込まれていたから、男の部屋にはずっといても、女性の部屋って見たことないかも……。

やべぇ、緊張してきた。

おそるおそる中に入れば……。

「あれ？ どうされました、サリュ王子」

再び手で顔を覆ってうめく俺を見てシトエンが不思議そうに言う。

いや、あの……。

この部屋、あなたの良い香りがします。

すごいシトエンの匂い……。

なにこれ。数年間魔法でもかけて封印してあったんですか、ここ。

王墓ですか。盗掘を恐れて衛兵でも置きました？ ご両親!!

「椅子はないので、このクッションを使ってください」

そっと手を下ろしたが、顔が熱い。

けれどシトエンはそれに気づきもせず、俺の座る場所だのなんだのを整えてくれている。

とりあえず扉のノブに手をかけ……えっと。これ、閉めていいんだよな？ 俺たち夫婦だもんな？　嫁の実家でふたりっきりになってもいいんだよな。

密室になるけど……。

「シトエン。ここ、開けておく？」

それでもおそるおそる尋ねる。

「え？　あ、閉めて大丈夫ですよ？」

慌ててこちらへ来ようとするから、シトエンの代わりにバンと閉めた。

よし、これで邪魔者は無し。

この部屋には俺とシトエンのみ！

妙な達成感を得たのち、部屋を見回して……本の多さにびっくりした。

壁の一面には天井に届きそうなほど背の高い本棚があり、ほぼ隙間なく本が収納されている。

ベッドらしきものはないけど寝室は別なんだろうか、とドキドキしながら考えた。

「あの……サリュ王子？」

「いやあの。じろじろ見てごめん。本、すごいなって思って」

指をさすとシトエンが恥ずかしそうに顔を伏せる。

「あんまり女の子らしい部屋じゃなくて……」

「いやいやいや！　本が好きなんだなぁって感心していたんだ」

近寄って、本棚を見たけど……タニア語、あんまり読めないんだよなあ。

つらつらと眺め、一番下の棚に絵本らしきものを見つけた。

「見てもいい？」

「もちろん。どの本ですか」

ちょこちょこと近づいてきて、俺の横から覗き込む。

俺が床に座って絵本を開くと、シトエンもすとんと隣に座って嬉しそうに声を上げた。

「懐かしい。この絵本まだとってあったんですね。わたし、よく読みました」

「へぇ」

一緒に絵本を眺め、シトエンが話のあらすじや、これを与えてくれた家庭教師の話を語るのを、ふんふんと聞きながらページをめくる。

「ああ、このシーンです。このうさぎ」

不意にシトエンが身を乗り出し、長くてきれいな指で挿絵を指差した。

そのまま顔を上げ、にっこりと微笑む。

近い！

ほぼゼロ距離!!

顔が近いんだがシトエン！！！！

「兄弟のうさぎにいたずらをしかけているんです。何度も読んで結末を知っているのに、毎回ここでドキドキするんですよね」
鼻と鼻がくっつきそうな距離でシトエンがくすぐられたみたいに笑う。
その吐息に。
俺がドキドキしてますけど！！！
やばいやばいやばい。ちょっとでも動いたらシトエンに触れそう。
……ん？　待て待て。
俺たちは夫婦だ。
新婚だ。
なんで可愛い嫁に触れないように頑張っているんだ、俺。
さっき扉を閉めたから今は完全にふたりっきり。
このままシトエンとキスしてもまったく問題ないじゃないか。
むしろこの距離感、この状況で。
キスしないほうがおかしいのでは⁉
「サリュ王子」
つ、とさらに顎を上げてシトエンが長いまつげをゆっくり伏せる。
引き寄せられるように顔をさらに近づけると――。
「モネさんとロゼちゃんのことなんですが」

ぱちりとシトエンの瞳が開いてまっすぐに目が合う。

モネとロゼがなんだってんだーーーー！！！

心の中で絶叫しながら、慌てて背筋を伸ばした。

「モ、モネとロゼがどうしたって？」

シトエンは両手とお尻をぺたんと床につける座り方をしたまま、「その……」としばし口ごもる。

そのまま黙って俺は彼女が話し始めるのを待った。

「最初に気になるな、と思ったのは彼女たちの傷でした」

「賊に襲われたときに負った傷のことか？」

シトエンは頷く。

「モネさんはざっくりと右腕に切り傷を。ロゼちゃんは背中と左腕に薄くですが、切りつけられた傷がありました」

「モネの傷はロゼを庇ってと言っていたな」

「そうです。ですが、それは多分……嘘です」

「嘘？」

驚いて少し大きな声が出たが、シトエンはただ頷いた。

「もし誰かから攻撃を受けたら、防御創とよばれる傷ができるのが一般的です」

「防御……。自分を守っているときにつく傷ってことか？」

「そうです。たとえば……サリュ王子がわたしを切りつけてくるとします。そして、モネさんのようにわたしも武器を持っていなかった場合。サリュ王子、わたしを切りつけてみてください」

えー……。

ふりだとしても嫌だなと思いながら、とりあえず手刀を作ってゆっくりとシトエンの頭に向かって下ろす。

シトエンは俺の手刀を防ぐように両手のひらを前に向け、押し返すように突き出した。

「あ」

つい呟く。

そりゃそうだ。ざっくり切られるのを待つわけがない。

普通はシトエンのように自分を守ろうとするだろう。

「よくあるのは、今の私のように手のひらを広げて自分を守ろうとして、腕や手首に傷を負うことです。あとは、頭を守ろうとして手首から肘にかけて……」

「いや、でもモネはロゼを守ろうとしたんだろう？　だったら、傷を負うのも覚悟の上ということはないか？」

「その場合、傷を背中に受けることが多いです。こう庇って自分が盾になろうとするので」

シトエンはクッションを抱きしめて、俺に対して背を向けて丸まる。

確かに……。そっちのほうが全体的に守れるよな。

よく考えたら、温泉でシトエンを守ろうとした俺自身がそうだ。そんな体勢をとった。

「モネさんの傷は非常に深いにもかかわらず、太い血管や筋はきれいに避けられていました。また、モネさんはあれほどの傷を負っているにもかかわらず、ロゼちゃんはまるでかすり傷のようなもの。別人がつけたのだ、と言われればそうかもしれませんが……」

シトエンは身を起こし、言葉を続ける。

「また、モネさんの傷。あとで発熱し、痛みにだいぶ苦しめられました。ですが、受傷直後は痛みに対して非常に鈍かった」

「でもモネは痛みで失神したよな？」

「あれは……多分、失神したふりです」

「ふり？」

俺が驚いて目を見開くと、シトエンは頷いた。

「ドロッピングテストというのですが、意識がないと思われる方の腕を額の上まで持ち上げます。そして落とすと……どうなると思います？」

「どうなるって……。落ちた腕が額を直撃するだろ」

言いながら、そういえばシトエンがそんなことをしていたなと思い出す。ラウルとふたりで『あれはなにをしているんだろう』と言っていた。

「そうです。腕を持ち上げ、額の上で手を離したら……普通であれば腕はそのまま真下に落ちます。なので、腕は顔や額に当たるんです。ですが、気絶のような症状を示しているけれど実際は気絶していない方の腕を落とすと、腕は顔を避けて胸の上に落ちます」

「あ！」

そうだ。モネもそうだった。

「なので、気を失っているふりをしているのだと思ったのですが……。とてもじゃありませんが、気絶しているような演技ができる痛みではないのです、本来は。ということは、痛覚を麻痺させる薬をわざわざ飲んでいたかと思われます」

「痛覚を麻痺させる……？　なんのために」

「傷を作るために、です」

シトエンに言われて絶句する。

「では、なんのためにそのようなことをしたのか。そもそも、なぜ傷を負わなければならなかったのか。それは、賊に襲われたとわたしたちに信じ込ませるためです。では、なぜそのようなことを彼女たちがしなければならなかったのか」

一息にシトエンはそこまで言ってから、悲しげに首を横に振った。

「それはわたしにもわかりません。ただ、自主的にしたとは思えませんでした。支配的な何者かに命じられ、断れず、なんらかの目的のためにそれをせざるをえなかったのではないか、とわたしは思っています」

ふとよみがえったのは、シトエンがモネとロゼに語って聞かせている言葉だった。

『そういう未来もある、ということです。また、考えておいてください。なにかあれば必ず力になりますから』

あれは、モネとロゼがなにか問題を抱えていると察しての言葉だったのか。

「彼女たちに、困ったときは助けると伝えました。これから父にも、あの姉妹を見守ってくれるよう伝えようとは思っていますが……。あの、サリュ王子」

下から見上げるように俺を見つめる。

「彼女たちが今後父を通してわたしに助けを求めることがありましたら、ティドロス王国に来てもらってもよろしいでしょうか？」

「そりゃもちろん」

大きく頷いて即答すると、シトエンはびっくりしたように目をまんまるにする。

「そんな即答……」

「だって、シトエンが気になる子たちなんだろう？　だったらどんどん助けてあげたらいい。俺も手伝うし」

笑って見せると、シトエンはしばらく茫然と俺を見つめたあと、くつくつと笑う。

「さすが、わたしの大好きなサリュ王子です」

そう言って嬉しそうにしてくれるのはいいんだけど……。

なんというか、その姿勢。姿勢ですよ。

両手を床につけて、尻をちょっとだけ床から浮かして俺を見上げてお願いするそのポーズ。

非常に蠱惑的なんですけど…………っ！

俺、今人生初の色仕掛けを受けている!?

いやさっきみたいに勘違いの可能性も捨て切れな……いやいやいや。

待て！

こんなうるうるした瞳で見つめられて勘違いのはずがあるか!!

誘われて受けずにいられるか！

ならば!!

「シトエン……」

そっと彼女の肩に手を伸ばそうとしたら。

「あ！」

シトエンが、ぴょんと立ち上がる。

「サリュ王子に見てもらいたいものがあるんです。持ってきますね！」

そう言って棚に近づき、ごそごそとなにかを捜し始めてしまった。

いや……。

どんな物より、俺はシトエンが好きなんですけど……。

次の日。

俺たちは盛大な見送りを受け、バリモア卿の屋敷を出発した。

シトエンは「わたしのわがままで実家で一泊してしまって……」と言っていたけど、とんでもない。

装具の点検もできたし、なにより人も馬も十分に休息できた。

足取り軽くティドロス王国に向かって出発したのだけど……。

「まったく、どうなってるんでしょうね」

背後からラウルが声をかけて来た。

俺はザクザクと草を踏みしだいて歩く。

ラウルが早足で追いつきながら今の状況説明をしてくれた。

現在ルミナス王国の国境警備が混乱している。

なんでも、ティドロス一行はアリオス王太子と共に国境を通ると連絡を受けていたそうだ。

それなのに待てど暮らせどティドロス一行の姿は見えず、結局来ないのだろうと警備を解いたところに俺たちだけが現れたもんだから、ものすごく驚いたのだそうだ。

事前通告と話が違うということでルミナス王国側が大混乱の極みに陥った。

国旗や部隊識別章、なんなら俺自身の紋章を見せても、『連絡と違うので……』と警備隊も困惑するばかりだ。

確認のために馬を走らせるから明日の朝まで待って欲しいと責任者が懇願しているらしい。

嘘や嫌がらせとは思えないほどの混乱ぶりを見れば、一旦引くしかない。

まさかこんなところを強行突破して争いのタネをまくわけにもいくまい。

タニア側に野営の許可を願い出たら『王宮に戻られては？』と言われたが……。

また来た道を戻って、明朝出て行くのも面倒くさい。野営には慣れているし、ここで待機のほうが楽といえば楽だ。

「タニア側から国境付近での野営は許してもらえましたし、とにかく朝が来るのを待つしかありません。うちの騎士団、野営が得意でよかったですね。というか、もう水を得た魚ですよ。うちは騎士団ではなく山岳部隊かなんかだったかもしれません」

ラウルはどこか遠い目をして言う。

自分が思い描く騎士団とはちょっと違ったのかもしれない。

ちらりと見やると、ラウルはなにかを諦めたような顔でずらりと並ぶ野営天幕を眺めていた。

今まで快適な屋内宿泊が続いたから団員たちが腐るかと思ったが、誰もが意気揚々とペグを打ち、威勢のいい声を上げながら天幕を張っている。それを見て、俺は少しだけほっとする。

「シトエンのことがある。警戒は十分してくれ」

「承知」

神妙な顔でラウルが頷く。

こいつにはアリオス王太子が打ち明けてくれた話をしている。

「……ですが、いったいどこの暗殺集団から狙われているのでしょう」

ラウルが俺の隣に並び、小声で言う。

「アリオス王太子が知っているということは、ルミナス王国がらみでしょうか?」

「わからん」

俺は首を横に振る。

おそらくそうなのだろうが迂闊なことは言えないし、思い込みというのも危うい。

だが、ラウルは続けた。

「もしルミナス王国がシトエン妃を亡き者にしたがっているのなら、タニア王の怒りを買わないために一番願うのは自然死。あとは」

「あとは？」

顔を向けると、ラウルは肩を竦めた。

「ティドロス王国が無能のせいで、暴漢に襲われて殺されるとかじゃないですか」

「やばいことというなよ」

暗殺者に始末させておいて、警備が手薄だからシトエン妃はみすみす殺されたのだとか吹聴されたら……。

ぶんぶんと首を横に振って考えないようにする。

「でもなぜシトエン妃が狙われるのでしょうね」

ラウルが顎をつまんで視線を宙にさまよわせていた。

「どういうことだ？」

「不思議ではないですか？　なぜここまでシトエン妃の命が狙われるのだろうと。そう考えるとシトエン妃にまつわるなにかが関わっているんじゃないかって思えてきて」

「シトエンにまつわる……なにか？」

「ええ」

頷かれて、不意に浮かんだ言葉を発した。

「……竜紋か」

「そうですね。それしかない」

ラウルは小声だが力強く言う。そして俺に顔を近づけた。

「今まであまり意識しませんでしたが……。よく考えたら竜紋というのは王族すべてに存在するわけではないんですよね？」

問われて頷かざるを得ない。

タニア王国の王族につけられる印と聞いているが、すべての王族につけられる印ではないのではと俺も思っている。

タニア王が目にかけているというのもあるのだろうが、タニア王国内でのシトエンの待遇というのは特別なものだと謝罪式で目のあたりにしたところだ。

「竜紋……なぁ」

呟きとして漏れ出る。

ただの刺青ではないのか？

「多分、そのあたりにシトエン妃が狙われる理由があるんだと思いますが……」

ラウルは言葉を濁したが、まだ思考を巡らせている様子だ。

「そうだな。帰国したらそのあたりを重点的に探ろう」

俺は言い、ついでに目に入った団員に「盛大にかがり火を焚け」と命じた。

「どんどん燃やします！」

「冬山じゃないから楽しいっすね！　なんかこの国、夏だけど涼しいし」

「ずっと行儀よくしなきゃいけなかったから、やっとのんびりできます！」

「あとでマシュマロを焼いたら、シトエン妃に持っていきますね」

苦笑して「ありがとう」と告げ、通り過ぎる。

「あちらがシトエン妃の天幕です」

ちょっと頬が緩むのが、シトエンの天幕の入り口だけカラフルで可愛らしいガーランドが飾ってあることだ。

うちの騎士団、当然だけど女性と共に行動することなんてなかったから、団員全員がシトエンに気を使っている。

で、移動のときは用心もかねて必ず天幕持参で行動するんだけど……。

シトエンが一緒のときはモビールとか装飾用の布とかも用意しているんだから、いいやつらだなぁと思う。

シトエンもそれを見て「可愛いですね」と団員に話しかけるもんだから、なんかどんどん増えてる気がするぞ、シトエン用のものが。

「サリュ王子です」

ラウルが入口で声をかける。

「まぁ！　どうぞ」

シトエンの声が聞こえ、ラウルが入口の幕を上げてくれる。

腰をかがめて中に入ると、途端に穏やかな光に包まれた。

天井からはランタンがぶら下げられ、地面には厚めの敷布が広げられている。

椅子や寝台は簡易なものだが、慣れてもらうより仕方ない。

寝台の上に蚊帳が吊ってあるのは、暑いときにどこか布幕を開けて風を通すからだろう。

……これでは。

今晩もシトエンになんの手出しもできない……。

なにか起こそうものなら、閨の声が騎士団に筒抜け。

まさに鉄壁の守りだ。

「お疲れ様です、ルミナス王国側はなんと？」

椅子を勧められたが、首を横に振ってやんわりと断る。

「やはり朝を待たないと駄目みたいだ。タニア王宮に戻ると結局朝方になってしまいそうだから、今晩はこの天幕で宿泊になるが大丈夫か？」

申し訳なく思ったのに、シトエンは目をキラキラさせて頷いた。

「もちろんです。さっき団員の方がマシュマロを焼くと教えてくださいました。あとで一緒に食べませんか、サリュ王子」

……焼きマシュマロ。そんなに魅力的だったとは。

「あと、たき火をしてみたいのですがいいですか？　こう、火打石で」

「そりゃ構わないが……」

言いながら、シトエンのわくわくした表情を見ていると心が和む。

「薪の間に隙間が必要だとさっき教えていただきました。積み方にコツがあるのだとか」

真面目な顔でシトエンは薪の組み方を俺に語る。

その顔が可愛いのなんの。

シトエンにとってはアトラクションのようなものなんだろうか。

これは団員たちが喜ぶし、教え甲斐がありそうだ。

「じゃあ、大きな火を全員で囲みますか？　団長が火の精霊役で」

「なんで俺が」

ラウルを睨みつけていたとき、天幕の入口が開いてイートンが入ってきた。

イートンは「あら、どうも」と俺とラウルに会釈をした。

「お嬢様。お客様ですよ」

「お客様？」

シトエンが不思議そうに首を傾げる。

「モネさんとロゼさんです。最後のご挨拶にって。さあ、どうぞ」

「モネさんとロゼちゃん？」

驚いたのはシトエンだけじゃない。俺とラウルもだ。

なんであのふたりが？

まあ、タニア国民だからいてもおかしくはないのだが……。

ラウルが無言で問いかけてくる。俺も黙って頷いた。

どうしてうちの団員が先に俺やラウルに訪問を知らせに来ない？

あのふたり、どうやってここまで来たんだ？

「失礼いたします」

鈴を転がすような声で挨拶をして、先に入ってきたのはモネだ。それに続いたのはロゼ。

ふたりとも頭から足先まで全身をすっぽり覆うような黒いローブを着ていた。

「まぁ、王子もいらっしゃったとは。どうも」

フードをおろし、モネが嫣然と笑う。その背後にぴたりと寄り添うロゼは無言だ。

「誰の許可を得てここに？」

ラウルがきつく問いただす。

「え？　あ……、あの。すみません。お連れしてはいけませんでした？　外で作業をしていたら声をかけられて。国を離れる前にお嬢様にご挨拶をしたいと言われたものですから」

イートンが慌てて俺やラウルに説明し始める。

「最初はシトエン様の御用達でも狙っているのかと思いましたが、さっきお話を聞いたらそんな様子はまったくなく……。傷を治療していただいて、本当に感謝しているとのことでしたから」

「イートンの前にどうして団員に声をかけなかった？　たったひとりの侍女より団員に声をかけたほうが早かっただろう」

ラウルが警戒を解かない。帯剣の柄を握ったたままだ。

「たまたまお見かけしただけです。嫌ですわ、そのように怖い顔をなさらないで」

モネがふふふふと笑う。

きっとこの場でなければ、俺もラウルも「色っぽい女だな」「でも目力すごいっすよね。団長が言う通り、メギツネというよりユキヒョウですよ」とこっそり話したと思う。

だが。

その笑みには凄惨（せいさん）さがあり、肌を粟立たせるほどの迫力があった。

「動くな。それ以上シトエンに近づくな」

俺も帯剣に手をかけ警告をする。

「そんなに警戒なさらなくても。ああいやだ、可笑しい。ではロゼは下がらせましょう。

「ロゼ、外で待っていて」

モネは背後にいるロゼに声をかけ、そのあと周囲を見回して長くしなやかな指で額を拭った。

「なんだか空気が澱(よど)んでいますわね、暑い。シトエン様、どこか幕をお開けしましょうか」

「動くなと言っている」

天幕の入り口に触れようとしたので大きな声で制した。

モネは肩を竦め、イートンに微笑みかける。

「ではイートン様。幕を……」

「動くな、イートン」

ラウルに制止され、イートンはおろおろとあっちを見たりこっちを見たりしていた。

「……お別れの挨拶に?」

シトエンがゆっくりと尋ねた。

その声はこの場のピンと張りつめた空気には不似合いなほどに柔らかく、穏やかだ。

「ええ。長らくのお別れに参りました」

モネは優雅に膝を折って頭を下げるも、ロゼは俯いて棒立ちのままだ。

「まあ、ロゼ……。きっと涙を堪えているのでしょう。さ、ロゼ。挨拶が済んだのだからあなたは下がっていなさい。王子と騎士様がひどく警戒なさっているから」

モネはロゼに手を伸ばし、そっとその肩をうしろに押した。

ロゼの身体が揺れる。

だが、その手はモネのローブを握ったままだ。

「どうでしょうか、モネさん。このままわたしと一緒にティドロス王国に来ませんか？実は昨日、王子ともその話をしていたのです」

シトエンは静かに呼びかける。

モネはきれいな笑みを浮かべたまま、シトエンを見た。

「なんともありがたいお話でございます。一度持ち帰って検討してもよろしいでしょうか」

「誰と検討なさるのですか」

シトエンの言葉に、モネはわずかに首を傾げた。

「誰、とは？」

「あなたに命令を下すどなたかがいらっしゃるような気がするのです。その方と縁は切れないのですか？」

シトエンは身を乗り出す。

「その方と縁を切り、わたしと新たな縁を結びましょう」

「前にもそのようにおっしゃっていただきましたが……」

くすりとモネは笑った。

「世の中には切っても切れない腐れ縁というものがございます。シトエン様」

目を細め、ほんの少し。

ほんの少しだけつらそうな顔をした。

「シトエン様には本当に感謝しています。このようなお優しい王侯貴族がこの世にいるのだと私は初めて知りました。だけど……」

モネは顔を伏せるようにして背後を見る。

「ロゼ、下がりなさい」

「いやだ」

そのロゼの声に俺とラウルは顔を向けた。

嗚咽交じりだったからだ。

「いやだ、離れない。いやだもん」

フードをかぶった頭を必死で振り、ロゼはモネのローブを放さない。

「ロゼ。いい子だから、そんなわがまま言わないで」

モネは俺たちに背を向けると、ロゼと向かい合ってその両肩を掴んだ。

「さ。出て行きなさい」

「サリュ王子！　お姉ちゃんを助けて！」

フードを掴んでおろし、ロゼは泣いて叫んだ。

「お姉ちゃんを止めて！」

反射的に足が前に出ていた。

モネがロゼを突き飛ばすように見えたからだ。

理由はわからないが、ロゼを天幕の外に出してはいけない気がした。

だから、ロゼが天幕から押し出されないうちに両手を伸ばし、ロゼを抱え込む。

そのまま振り向いてモネを睨みつけた。

「大事な妹に対して乱暴なことをするなよ」

「その大事な妹から手を離してくださいな。シトエン様の前で、はしたない」

冷ややかに睨み返される。

「ロゼ、ここから早く出なさい。ひとりが嫌ならサリュ王子と天幕を出るのよ」

モネが説くように告げる。

俺はロゼを胸の前で抱えたまま、モネを見た。

そして、気づく。

右顎下に真新しい痣がある。

殴られたような痕が。

「……シトエンを襲った黒ずくめはお前か？」

どうりで黒ずくめは線が細いわけだ。

俺は腕の中でぴーぴー泣くロゼに、「こらっ」と叱りつけた。

「てことは、俺にナイフ投げたのはお前か。人に向かってナイフを投げるとは、どんな教育を受けたんだ。痛かったんだぞ、謝れ！　そもそもシトエンを狙うとはどういうことだ！」

「いくらでも謝る！　いくらでも謝るから……っ。お姉ちゃんを止めて」

涙を両手で拭いながら、ロゼは俺の胸に顔を押し付けた。

「お姉ちゃん、もうやめてよう！　この人たち、いい人だよ」

「そう、いい人ね。それはお姉ちゃんもわかってる」

ふう、とあきらめたように脱力してモネは笑った。

「だけど、申し訳ない。あなたの大事な人は私がもらう。代わりに私の大事な妹をあげるわ」

言うなりモネはローブを脱ぐ。

「……ちょっと勘弁してくれ」

「うそでしょう……」

俺とラウルは同時にうめいた。

胸を潰して男装をしているモネ。

それ自体は別にいい。どんな格好をしていようが俺には関係ないのだが……。

問題は、胴体部分にくくりつけたクッションみたいな麻袋だ。

「お前それ……。火薬じゃねぇよな?」

頭がくらくらしてきた。

麻袋を腹に麻糸でぐるぐるくくりつけているが……。中身がもし火薬なら、この天幕ひとつくらい軽く吹き飛ぶぞ。

「私が欲しいのはシトエン様の命だけ。だから王子、そこの腰を抜かした侍女と……それから勇敢な騎士様、そして妹を連れてこの天幕からどうぞお逃げください」

「自爆する気か?」

「最初はそう思っていましたが……させてくれそうにないですね」

苦笑いしているから呆れる。

「当たり前だろ。ロゼは絶対天幕から出さないぞ。妹がいる限り、自爆はできないだろう」

「ではやり方を変えましょう」

ひょいとモネは肩を竦め、それから真面目な顔でシトエンに向き合った。

「シトエン様。本当にあなたは天女のような方です」

モネは目を閉じ、両手を合わせた。

その姿は、まるでシトエンに対して祈りをささげているように見える。

「私が絶対に天の国までお連れいたします。冥府の道で悪鬼どもが阻もうと、この私が身を挺して必ずやあなたを天の国まで。だから」

静かに目を開き、隠していた佩剣を抜いた。

「今ここで、死んでください。妹のために」

「やめて、お姉ちゃん！」

絶叫するロゼを突き飛ばし、俺は抜剣してモネの背中に一振りする。

気配を察したモネが振り返り、剣を横に持ち替えて俺の一撃を受けた。

「火花！　団長、火花が散ると危ない！」

ラウルが悲鳴を上げるのが聞こえる。

あ、そうか。

ぎりぎりと上から刃を押し付けていたが、慌てて剣を放り出して間合いを取る。

間を置かず、モネが斬りかかってきた。

とっさに身体をかわすも、一撃目はフェイントだったらしい。

剣先は最後まで振り抜かれずに、軌道を変えて真っ直ぐ俺に向かってきた。

「団長っ！　カンテラも気をつけて!!」

あいつ、ぜんぜん俺の心配をしないな！

だが、モネの攻撃は続く。

剣を振り下ろすだけではなく、何度も突きを繰り出してきた。

確かに振りかぶるより突きのほうが早い。

切っ先は思いっきり俺の腹を狙っている。

狙いも動きも悪くない。うちの騎士団に欲しいくらいだ。

少しだけ左に身体をかわし、徒手のまま俺もモネのほうに踏み込む。

モネの剣が俺の右側ぎりぎりを通過したタイミングで横から殴る。

上半身が揺らぎ、ちっとモネは舌打ちするが、すぐに足を踏ん張り、体勢を立て直した。

攻撃を変えるか。

モネは視線を俺から外さない。もう一度突きで狙いに来る。

そう思ったのに。

ロゼは身体をひるがえし、シトエンに向かって剣を振り上げる。

「またあの世でお会いしましょう！」

絶叫のようなモネの声。

「甘い！」

俺はモネに向かって突進し、その腰にとり付いて身体ごと持ち上げた。

「顎を引けっ！　身体を丸めて受け身を取れよ！」

怒鳴りつけ、そのまま背後にぶん投げる。

俺の忠告が聞こえたらしい。ドンと重い音と、ラウルの悲鳴は上がったが、骨が折れるような音はしなかった。

素早く確認をすると、モネは起き上がろうともがいているが脳震とうのせいで動けていない。骨は折れていないようだが、着地のときに右肩外れたな……。

すぐさまラウルがモネにとり付き、「死にたくない団長と心中したくない」と高速呪文のように繰り返しながらモネの胴体にくくりつけられていた麻紐を短剣で切り、火薬入りの布袋を胸に抱え込んで外に出ようとしたが。

「出ないで！」

ラウルの足にロゼがとりつく。

「この天幕を火矢が狙ってる！　あたし以外の誰かが出たらすぐに火を放たれる！」

「ラウルさん、これを」

シトエンが水差しを持ってきたので、ラウルはそっと布袋を地面に置いた。

そこにダバダバとシトエンが水をかける。

「……これでなんとか大丈夫でしょう」

両腕で水差しを抱きしめ、シトエンはほっとしたように微笑みを浮かべた。

「やれやれですよ。死なずにすんだ……」

ラウルがその場にくずおれた。

「お姉ちゃん……っ！」

ロゼが仰向けに横たわったまま動けないでいるモネに駆け寄る。

俺も近づき、立ったまま見下ろした。

「シトエンを狙っている暗殺集団というのは、お前らのことか？　アリオス王太子はこの件に関与していないようだが……誰が命じた」

尋ねると、モネは痛みを堪えるように柳眉を寄せ、俺を見上げた。

「恨みも憎しみもあるが……名は言えない」

「……言いたいことはそれだけか？」

「まだある」

モネは優しい目をして、すぐそばでうずくまって泣いているロゼを見た。

「ロゼ、もう心配ない。すべてお姉ちゃんが持っていく。……サリュ王子」

「なんだ」

「厚かましいお願いだが、妹を頼みたい」

「本当に厚かましいな、お前。情報を得るために俺がロゼを拷問にかけるとか思わないのか」

呆れてそう言うとモネは笑った。

「そんな男なら、もっと早く妹に手を出してる。あんたはそんな人じゃない。ねぇ、シトエン妃」

「……なんですか？」

シトエンが水差しを持ったまま近寄ってきた。

ただ、俺のように立ったままではない。ロゼの横に座り、泣きじゃくる彼女の背を撫でている。

「ティドロス王国に、と言ってくださいましたよね。どうか妹を。この子はシトエン妃に忠誠を誓います」

「モネさん、あなたも一緒に来るのですよ。大丈夫。その肩もすぐに戻ります。今直しますから」

モネはわずかに目を細めると、左手をロゼに向かって伸ばした。

「さようなら。幸せに」

泣きじゃくる妹の頬を撫でた左手は、そのあと腰のベルトからなにかを掴み取る。

きらりと光が目を刺した。

小瓶だ。

ピンっと親指でコルク栓を弾くのが見え、慌てて手を伸ばしたが、モネは素早く中身を喉に流し込む。

ゴクン、と喉が上下した。

「ちょ……待て、お前！　口を開けろ！　吐け!!」

慌てて屈みこみ、頬を掴んで口を開けさせようとするが、モネのやつ歯を食いしばってやがる。

「モネさん⁉」

「お姉ちゃんっ！」

叫ぶふたりの目の前で、モネはがくがくと身体を痙攣させ、エビのように背を丸めて、うっと嘔吐くような音を漏らす。

「毒……⁉　ロゼちゃん、モネさんがなにを飲んだかわかる⁉」

シトエンが問い詰めるが、ロゼは青ざめて首を横に振った。

ごぼっと音を立ててモネが吐いた。固形物らしきものはなく、どろっとした液体だけだ。

「左側臥位にします。サリュ王子、向こうに回って背中を叩いてください」

シトエンが水差しを地面に置き、モネの身体を横向きにする。

俺は背中側に回り、言われた通りにドンと叩いた。

ゴボっと再度モネの口から嘔吐物が漏れ出るも、先程より少量だ。

「イートン！　わたしの革鞄！」

シトエンは指示を出し、その間にモネのまぶたを開いて眼球の状態を確認している。

「ヒ素かもしれません。イートン！」

だが、イートンは腰を抜かしていて、這うようにしか動けない。

ラウルが舌打ちをして革鞄を掴み、シトエンに渡した。

「つらいでしょうが、手伝ってください」

シトエンがロゼに決然とした口調で言うと、ロゼは泣きながら頷いた。

「サリュ王子もお願いします」

「ああ。どうすればいい」

「胃洗浄を行います。水が足りるといいのですが……っ」

ちらりとシトエンは水差しを見て眉を寄せたが、革鞄から漏斗を取り出し、その先にゴムのチューブを取りつけると鞄から瓶を取り出し、中身をゴムチューブの先に塗った。見たところオリーブオイルっぽい。

「サリュ王子、ロゼちゃん。モネさんを押さえていてください。上からしっかりと」

身振りで示すので、俺もロゼもモネの上に覆いかぶさる。

シトエンはぐったりしているモネの口をこじ開け、ゴムチューブの先端を喉につっこむ。

「ま……まさか」

俺は狼狽えるが、シトエンは漏斗に水差しの水を注ぎ始める。

「本気かよ……っ」

苦しげにモネの身体が跳ねるから慌てて押さえる。

シトエンはモネの首と顔を固定し、慎重に水を注いだ。

漏斗に取り付けられたゴムチューブを通って、水がモネの胃に入っていく。

ご……拷問でこういうのあるって、聞いたことある……。

「………っ」

量を見計らい、シトエンがゴムチューブを引き抜く。

途端にモネが再度嘔吐した。

さっきより明らかに粘度が薄いし、量も多い。

「王子、背中を」

「おう」

ドンドンと叩くとモネは激しく咳き込む。

顔を真っ赤にしているが、意識がだいぶ戻ってきたようだ。

薄くまぶたが開いた。

「ごめんなさいね、モネさん。苦しいでしょうけど……一緒にティドロス王国に行きましょう」

シトエンは励ますと、またゴムチューブをモネの口に突っ込む。反射的に逃れようとする身体を俺が押さえつける。

もうロゼは無理だ。顔面蒼白になって震えていて使い物にならない。

「もう少しですよ」

モネが暴れるがとにかく押さえつけた。

結局、水差しが空になるまで水をモネの胃に注ぎ、吐き出させることを続けた。

「当面のところこれでなんとか。あとは対症療法と本人の体力の問題ですね……」

シトエンが心配げに呟くそばで、モネは完全に意識を取り戻していた。

荒い息をついてはいるが、それは強制嘔吐を繰り返させられたからであって、心臓や肺がどうの、という感じではない。

「……この天幕からロゼが出たら、仲間が火矢を私の身体に打ち込む予定でした。そして、爆発を起こす……」

切れ切れにモネは言ったあと、激しく咳き込んだ。

「ゆっくりしてろ」

俺が声をかけるが、モネは横たわったまま首を横に振る。

口を開いたが、言葉を引き取ったのはロゼだ。

「あたしが天幕を出ず爆発も起こらなかったら……。失敗したとみなして、仲間が夜襲をかける手筈になっているの。その混乱に乗じてあたしは逃げることになっていた」

「……ってことは、もうすぐ夜襲がかけられるのか？」

俺が尋ねると、ロゼは大きく頷いた。

「だから逃げて。あたしはここに残る。あたしがいる限りは、仲間も手出ししないはず……。仲間には、気づかれて逃げられたって言うから」

「なにを言ってるの、ロゼ」

ふふ、とモネは笑い、ゆっくりと手を伸ばして妹の腕に触れた。

「お姉ちゃんは最強なのよ。一人でも大丈夫だから、あなたはシトエン妃と一緒にティドロス王国に……」

「いやよ！　あたしもここに残る！」

「はいはい。姉妹喧嘩はもう終わりだ」

「いたっ！」

ロゼとモネの頭を叩き、俺は立ち上がる。

「お前ら、そんなもん絶対嘘だぞ。作戦に失敗したのに、ロゼだけ逃がしてもらえるものか。組織とはそういうものだ」

モネは悔しげに視線をそらし、唇を噛んでいる。

俺はため息をついてラウルに顔を向けた。

「来るとわかってるなら、迎え撃つのは簡単だ。ラウル、団員に指示を出せ。緊急配備だ」

「承知」

そのまま出ようとしたが、ぴたりと足を止める。

「……これ、ぼくが出て行ったら天幕に火矢が打ち込まれます？　あるいは作戦失敗したとバレて、ぼくが射殺されたりして……」

「このまま怒鳴ればどうだ？　敵が来るぞーって」

「様にならないなぁ」

ラウルはむっとした顔で振り返ったあと、素早く天幕から出て行った。

ちょっと緊張したけど、火矢が放たれたり、「やられたあ！」というラウルの声が聞こえてきたりしないところをみると大丈夫だったらしい。

「組織のやつらを甘く見るな。王子、逃げろ。私とロゼが食い止める」

「お前こそ、俺を甘く見るなよ。死にかけのユキヒョウめ」

俺はにやりと笑う。

「ティドロスの冬熊と呼ばれているが、夏山でも俺は最狂だ」

言ってから剣を掴むと、天幕から飛び出す。

途端に、団員から「敵襲！」と声が上がった。

びゅんと空気を切り裂く音がして火矢が近くの木の幹に突き刺さる。

やべぇ、時間差かよ！　俺がやられるところだった‼

「備えろ！」

怒鳴ると、すでに臨戦態勢になっている団員たちがバディ同士で索敵にかかる。

「できるだけ派手にやってやれ！　タニア国境警備隊が飛び出してくるぐらいにな！」

「おうっ！」

そこかしこで声が上がる。

申し訳ないけれど、タニア王国を巻き込もう。それが最善策だ。

戦闘が始まっているところに向かおうとしたら、木の上から黒ずくめの野郎が両手に小剣を持って襲いかかってきた。

「一匹発見！」

俺は声を上げる。

「ずるい、団長！」「ち、そこか！」と団員の声が聞こえるが知らん知らん。こういうのは早い者勝ちだ。

黒ずくめの野郎は腰を低く構え、大きく一歩踏み込んできた。

お、このスタイル知っているぞ。カフェでシトエンを襲ったやつと一緒だ。

逆手に握った小剣を突き出すようにして攻撃してくる。

基本、拳闘と一緒。

右、左と身体を捌いてかわす。次にまた右。

右手の小剣を上から長剣で叩き落とし、こっちが間合いを詰めたら、左の刃が俺の首を狙う。そこで長剣を手放し、相手の左手首を掴んでくるりと身体を反転させた。

足を払い、黒ずくめの野郎を背中に載せて背負い投げ。

勢いをつけて地面に叩きつけると、そのまま首を上から踏みつけた。

「げふっ」

そいつが息を吐いてもがいているところに、さらに別の黒ずくめの男が樹上から現れた。

「団長、伏せて！」

背後から声がかかるから、男を踏んづけたまましゃがみこむ。

あろうことか、ラウルは俺の背中を踏み台にし、現れた黒ずくめの野郎に飛び掛かり、袈裟懸け（けさが）に倒した。

「お前なぁ！」

怒鳴りつけてやろうと思ったら、大量の蹄の音が近づいて来る。

タニア国境警備隊だ。

「おらおら！　逃げるなら今だぞ!!」

俺は踏みつけていたやつから足を上げ、大声で言う。

「お前らの仲間の女刺客ふたりは、このティドロスの冬熊がいただいた！　散々いたぶってから屠（ほふ）ってやるからな。震えながら待っていろ！」

俺に踏みつけられた黒ずくめの野郎は斬られた仲間を抱え、必死に森の暗がりへと逃げていく。

それはなにもこのふたりだけではなかったようだ。

いたるところから「逃げるぞ!」「放っておけ!!」そんな声が聞こえる。

「さあ、野郎ども。余興は終わりだ! 片付けに入れ!」

俺の大声に、「えー」「もう終わりかー」と団員たちのつまらなそうな声があがり、ラウルは大きなため息をついた。

その後、到着したタニア辺境警備隊に「賊に襲われた」と事情を説明。

「うちの領でなんてことだ!」と警備隊長がいきりたち、賊の探索と警備強化を約束してくれた。

ルミナス王国の国境警備隊に直談判もしてくれて、陽が上ると同時に俺たちは国境を越えることができた。

その頃にはモネの状態も安定し、経過観察ということになったので、ロゼと共に顔を隠して、シトエンの馬車に押し込んだ。

もちろん。

ティドロスに連れて行くためだ。

◆十章◆

俺と愛しい嫁の休息

そうして五日後。

俺たちはようやくティドロス王国に戻ってきた。

馬をひたすら走らせ、まっすぐに向かうのはもちろん……王太子が用意してくれたプール付きの別荘だ！！！！！！

「本当にいいんですか、あれ」

馬首を並べているラウルがぼやくように言う。

「なんのことだ」

俺はそれより、もうそろそろ別荘が見えて来るんじゃないかとそわそわしている。

「モネとロゼのことですよ。もともとはシトエン妃を暗殺しようとしてたやつらですよ？それについてはなにも語らないし……」

「今は恩義を感じてシトエンに忠誠を誓ってくれてるんだからいいじゃないか。あ、噂は流しておけよ。女刺客は残虐にこう……俺によって処刑？　惨殺？　されたって」

対外的には死んだことにしなければならんからな。

「いつ寝返るかわかりませんよ」

ため息交じりに言うが、俺はそんな感じは受けない。

一命をとりとめたモネも今では普通に生活できるようになり、ロゼと一緒にシトエンの世話や話し相手をしてくれている。

その雰囲気を見る限り、俺にはラウルが言うような事態が起こると思えない。

なぜなら、あの姉妹はティドロス王国での生活をとても楽しみにしているからだ。

モネだって、シトエンの処置が早かったとはいえ、ここまで回復できたのは『生きたい』と彼女自身が強く願ったからに違いない。

妹との新しい生活。

モネはそれに懸けたし、その未来を与えてくれたシトエンに心底感謝しているだろう。

シトエンからティドロス王国の様子を聞かされては目を輝かせ、イートンの指示にも素直に従っている。

……まあ、王太子には甘いと呆れられそうだが。

今のところ、団員たちもまだ警戒しているからあの姉妹に妙な気を起こすやつもいない。風紀的にとてもいい。

なにより、シトエンを共に守ってくれるのであれば俺としては大歓迎だ。

「命の恩人を裏切るまい」

「どうですかねぇ」

「お前、疑り深いから嫁が来ないいんじゃないか？」

本当に不思議だ。なんでこんないい男が選ばれないんだろう。

「ぼくのことは放っておいてくださいよ。それより、あれ。迎えじゃないですか？」

ラウルが馬の鞭を前方に向ける。

なるほど、山道の先に数頭の騎馬が見えた。

「本当だ。道案内もしてくれるのなら……」

助かるな、と思った矢先。

一騎、こちらに駆けて来た。

鐙(あぶみ)に両足をかけたまま、馬の上で立ち上がりぶんぶんと大きく手を振る男は……。

「やあ、親友！　待っていたぞ！　王太子から警護を頼まれて馳せ参じた！」

ヴァンデルだ……。

「わー！　団長、気をしっかり!!　手綱をしっかり握って！」

危うく馬から落ちるかと思った。

「全隊止まれ！　止まれーっ」

ラウルが馬首をめぐらせて駆けていく。

その合図がなければ、きっと俺は落馬して命を落としていたに違いない。

それぐらい脱力していた。

……なんであいつがいるんだ。

「いやあ、親友。久しぶりだな！　結婚式以来か！　会いたかったぞ!!」

ヴァンデルが馬を寄せてにこやかに話しかけて来る。

「なんでお前がいるんだっ！」

つい怒鳴る。

こいつがいると、俺とシトエンのいちゃラブが確実に邪魔されるではないか!!

だが、ヴァンデルは表情を引き締め俺に顔を寄せる。

「聞いたぞ。タニアでもシトエン妃の命が狙われたとか」

「息をふきかけるな！というか、どこでそれを聞いたんだ」

つい詰問口調で尋ねるが、すぐに気づく。

「俺の報告書か……。王太子から連絡が？」

「そうだ。王太子殿下はいち早く動かれ、俺に別荘の警護をお命じになられた」

また耳元で囁くんだが……。

それ、必要か!?

普通に言えばよくね!?

突き放した頃、ラウルが戻ってきた。

「それで、例の女刺客たちはどうだ。同行させているんだろう？」

ヴァンデルに尋ねられ、俺はラウルと顔を見合わせる。

「俺は……問題ないと思っている」

「ぼくは、要経過観察だと」

ふむ、とヴァンデルは腕を組んで馬上から馬車を見た。

「ああ、そうだ。王太子に代わり、例のバックルとペンダントは僕の配下の者が売り払っておいたぞ。尾ひれをつけてな」

「そうか、すまんな。それでどうだ？」

「ティドロス国内で噂は広まっている。心配するな」

俺が王太子に報告書にそえてお願いしたのは、『誰かに頼み、モネが持っていた黄金のバックルとロゼの翡翠のペンダントを盗品を扱うようなところで売り払ってほしい』ということだ。

ついでに、『この持ち主、すごい拷問をかけられて死んだらしい。それでもなにも語らなかったらしいがな』と広めてほしい、と。

ヴァンデルが言うには、モネとロゼの拷問死の噂は着実に広がっており、現在バックルとペンダントが誰の手に渡っているかを追跡している最中だそうだ。

「まあどうであれ、今から警備はうちが受け持つ。お前たちはゆっくりしていればいい。アリ一匹通しはせん」

ヴァンデルは自信ありげに頷いた。

「安心しろ、サリュ。もちろん」

「もちろん？」

「プールは清掃済みだ。到着後、すぐに使えるぞ」

「ヴァンデル!! お前は俺の大親友だ!!」


その後、一時間も経たずに俺たちは王太子の別荘に入った。

平原を見下ろす高台に作られた二階建ての屋敷。

真っ白な外壁と、ブルーの瓦屋根が確かに美しいといえば美しいが、一階部分のほとんどが塀というか格子に囲まれているから、外からはよく見えない。

正面玄関を挟んで、この建物は西棟と東棟に分かれているようだ。玄関から伸びる階段を上がれば二階はすべて寝室だった。

女性陣が喜んだのは一階だ。

モネやロゼだけではなく、シトエンも感嘆するほどの内装だった。

ポイントに青を使っているのだが、ほぼ白一色。

代わりに、調度品として色彩豊かな焼き物や、色とりどりの花がいたるところに飾られていた。

カーテンには複雑な模様のレースが使用されているし、照明器具も、凝った繊細なデザインだ。

女性というか……王太子妃を意識した別荘なのかもしれない。

王太子が王太子妃を喜ばせるためだけに作らせたのだと思うと、にやにやが止まらない。

庭もなるほど、王太子妃が好きそうだ。

外側から見えにくくしてあるのは、中がかなり開放的なデザインになっているためだ。

そして西棟一階はリビングになっており、ソファで過ごしながら見事な庭が一望できるようになっていた。

四季折々で咲く花が違うのだろう。

今はアスターやカルミアが見事だが、他にも多種多様な花が植えられている。

また、大きな池には色とりどりの魚が泳いでいて、ヴァンデルはなぜかそれを気に入っているようだ。俺に熱心に良さを説明してくれるが……魚は食う以外興味がない。

そういえば王太子も魚がどうのと言っていたな。

……え、これ高価な魚なのか？

東棟はというと、透明度の高いガラス窓を使用していて、バルコニーから庭へ出られるようになっている。

一階の東棟全面から庭を眺められるような造りになっており、庭側からもこちらの様子がほぼ丸見え状態だ。

そこにあるのは……。

「プールだ！！！」

ガラス張りの観音扉をバーンと開けてロゼが飛び出すから、ラウルが「ひっ」と悲鳴を上げた。

俺だって心臓が痛くなった。

ロゼ……ガラス扉は丁寧に扱えよ。高価なんだぞ。

ロゼは木製のデッキを駆けていき、プールの端っこに立って中を覗き込んでいる。

俺たちもあとについて外へ出るが、陽の光がプールの水面に反射して眩しい。

デッキにはいくつかチェアが並び、日陰を作る白いパラソルも立てられていた。

「シトエンさま、ここで遊ぼう！　一緒に入りましょう！」

ロゼがシトエンにつきまとって、ねだるねだる。

「だめよ、ロゼ。シトエン様も疲れてらっしゃるのだから。まずは荷ほどきして、シトエン様が休憩なさる場所を用意して……」

モネがたしなめた。

ロゼ、がんばれっ！　押せ押せ!!

荷ほどきぐらい、俺がやってやる！

「えー……はぁい」

しょぼんと肩を落とすロゼを見て、シトエンが取りなすように姉妹に言った。

「では、すぐに荷物を運び込んで、片付いたらプールで遊びましょう。いいですか？　サリュ王子」

「もちろんです！！！！！！」

勢いよく頷いたのだが……。

「どうした、サリュ。元気がないな？　みんな楽しそうだぞ」

デッキチェアに座り、頭を抱える俺にヴァンデルが声をかけてくる。

「想像していたのと違う！！！！！！」

それしか言えない！！！！！！

プールの中では、胸の谷間をあらわにしたモネと、やけにふりふりしたデザインの水着を着たロゼが水のかけあいっこをして遊んでいて……。

そのそばで、水しぶきがかかったシトエンが楽しそうに笑っているのだけど。

「なんでシトエン、長袖を着てんの⁉」

水着らしいものが透けて見えるけど、上に長袖⁉

ちょ……ちょっと落ち着け、俺。

一度深呼吸しよう。

そして落ち着いて考えるんだ。

ここで絶望してはいけない。

シトエンが水着の上に長袖を着ている。
まずはこの事実を受け止め、冷静に対応策を練ろう。
……待て。あの長袖。
水に濡れて……透けてないか⁉
頑張ればこれ、見えるんじゃね⁉
薄目にしてみたらこれ……どうだ⁉
よく見えない部分は脳内補正だ‼‼
妄想逞しく補正をかけてやるしかない‼‼‼
「日焼けに弱いとか言ってたじゃないか」
「そうですよ。それに竜紋のこともあるんじゃないですか？」
ラウルまで呆れたように俺を見下ろす。
竜紋……。そうだ、竜紋は他人に見せちゃいけないんだよ。
まあでも。
俺は見てるけどね‼‼
なんなら触ったことだってあるしな‼
夫だから‼‼
「それにしても団長。楽しそうですね、女性陣」

「僕たちも楽しもうじゃないか、親友！」

「だから抱き着くなっ、暑っ苦しいんだよ‼」

「プールに入ったら涼しいですよ、団長。ねぇ、ヴァンデル卿」

「そうだぞ、ラウルの言う通りだ。ささ、プールに……っ」

「野郎同士でプールに入ってなにが楽しいんだ！　やめろ！　俺は行かん……どわー‼」

いきなりラウルとヴァンデルに抱えられてプールに放り込まれた。

もちろん、やつらもプールの底に沈めるという仕返しをしてやった。

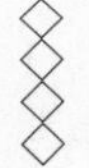

その日の晩。

シトエンを横抱きにして歩く。

警備の団員がくすり、と笑いつつ静かに敬礼してくれた。

俺の腕の中でシトエンが、すーすーっと静かな寝息をたてていて、俺も笑みが漏れた。

日中プールで遊びすぎて疲れたのだろう。

プールのあとはヴァンデルが連れてきた「僕の一押しシェフ」の食事を堪能し、庭を見ながら男どもは酒を飲んだりポーカーをしたりして。

女性陣はお茶を飲んでしばらくきゃっきゃと騒いでいたと思ったら、イートンが困り顔で寄ってきて。

『お嬢様が眠ってしまわれて』と。

見ると、シトエンはソファでロゼともたれあって眠ってしまっていた。

そこでなんとなくお開きとなり、俺はシトエンを抱えて二階の寝室に移動中というわけだ。

あてがわれた寝室まで行き、ドアノブを掴もうとシトエンを抱え直す。

「ん……？」

腕の中で小さな声が漏れる。

しまった、勢いをつけすぎた。

「まあ……。ごめんなさい。わたし、眠って……」

慌てて降りようとするから、そっと床に下ろした。

「ちょうどお開きになったところなんだ」

そう言って、ドアを開けた。

てっきり真っ暗か、あるいはランプの淡い灯りしかないと思っていたのに、想像以上に明るい光が室内を満たしている。

「わあ……」

シトエンが小さな歓声を上げた。
俺もしばらく茫然とそれを見ていた。
満月だ。
正面の壁に大きな窓があった。
カーテンは開けられていて、空には大きな満月が浮かんでいた。
「すごい……」
シトエンが小走りに窓に近づき、ガラスに手をついて子どものように月を見つめる。
そういえば王太子が、『夜空が綺麗だ』と言っていたが……こういうことか。
俺も部屋に入ってドアを閉める。
夜空を眺めながら、ゆっくりと窓に近づいた。
雲ひとつないからか、満月の光があまねく地上を照らしている。
別荘を取り囲む木立の葉まで濡れたように輝いていた。
「眩しいぐらいだな」
シトエンのうしろに立って話しかけた。
「ええ、本当に」
なぜだかわからないけれど、満月を見上げるシトエンを見ていたら。
そのまま月光に溶けて透けて……俺のそばから消えてなくなるんじゃないか、という恐怖に襲われた。

「サリュ王子？」

気づけばその小さな身体を抱きしめていた。

いや、正確にはしがみついたのかもしれない。

小さな……本当に小さな頃、大事にしていたぬいぐるみが燃えてなくなる夢を見て、目覚めてすぐ、慌ててそのぬいぐるみをしっかり胸に抱えたときの感じに似ていた。

この腕の中に囲っていれば絶対に大丈夫だ。

根拠はないけどそれだけを信じて、俺はしっかりとシトエンを腕の中に閉じ込めた。

「どうしたんですか？」

不思議そうなシトエンの声。

俺がそっと腕の力を緩めると、シトエンはゆっくりと振り返る。

「なんでもない」

笑って見せたものの、ぎこちなかったかもしれない。

だけどシトエンはなにも言わず、微笑んだまま、ふたたび月と向かいあう。

月光を浴びながら満月を眺め、ふふ、と少しだけ笑った。

「なんだか、静かすぎるなぁと思ったら……。わたしたち、ふたりきりでした」

俺に背中を預け、上を向く。

大好きな愛らしい顔がそこにあった。

「公務、もう終わりましたね」

「あ。本当だ」

我に返る。

我に返ると同時に、腕の中のシトエンが今まで以上に愛しく感じられた。

腰まで伸びる艶やかな銀の髪も、月光を浴びて潤んだような白い肌も。満月を見つめる紫色の瞳も。

確実にここにあって。

彼女のぬくもりが伝わってきて。

引き寄せられるように、その白いうなじに口づけを落とす。

「ん……」

シトエンがくすぐったそうな声を漏らしたが、俺はうなじから背中にかけてキスを続けた。

背中が大きく開いている大胆なデザインに感謝しながら、首で留められているホックを外す。

「ひゃ……。ちょ……待って……」

はらり、と頼りなくなった前身頃をシトエンが慌てて胸の前でかき抱くから、横抱きに

してベッドまで運ぶ。

「公務は、終わったんだよな？」

ベッドに仰向けに横たえた彼女に覆いかぶさり、尋ねる。

「……終わり……ましたよ？」

シトエンは相変わらず、脱げかけの服を胸の前で抱きしめている。

ただ、そっと目を閉じるから俺はシトエンと唇を重ねた。

何度も何度も重ね、甘くゆるく唇を噛むと、吐息を漏らしてシトエンが唇を開く。

そっと舌を入れて絡ませれば、その頃には彼女の両腕が俺の首に回っていて。

だから、シトエンの鎖骨に触れ、そのまま肌に手のひらを滑らせる。

「いい……？」

「……いいに決まってるから……聞かないでください」

柔らかく、温かい彼女の胸に触れると「あ」と声を漏らしてシトエンが俺から唇を離し、身をよじらせる。

俺はそんな彼女をうしろから抱き留めて胸に触れ、その背中に唇を這わせた。

シトエンがとろけるような声を上げ。ただただ、今晩はずっとその声を聞いていたくて。

俺がシトエンの身体にくまなくキスを落とすと、シトエンの吐息と切なげな声が俺の耳を甘くくすぐる。

シトエン、シトエン。

ずっとずっと。俺のそばにいてほしい。

そのためには俺の命を捧げたっていい。

そう思いながら、彼女の身体を愛撫し、キスを繰り返し、きつく抱きしめる。

シトエンはその晩、何度も達して、俺はそのたびにクラクラするほどの歓喜に酔った。

その緩やかな酩酊感の中、ずっと願っていた。

そばにいて欲しい。

笑っていて欲しい、と。

ずっと俺が守って大事にするから。

◇◇◇◇

朝。

シャツをはおってズボンを履いただけのだらしない格好だったけど、シトエンを起こさずにそっと寝室を出ることに成功した。

そのまま二階の廊下を、あくびをしながら歩く。

「あら」

階段を上がって来たのはイートンだ。

たらいとタオルを持っているということは、シトエンを起こしに来たのかもしれない。

「シトエンならまだ寝てる。昨日寝るのが遅かったから、もう少し寝かせてやってくれ」

「まあまあ。昨夜退席されたあのお時間からお休みなのに？　寝るのが遅かった？」

「うぐ……っ」

「お風呂の準備がいりますかしら」

「……う……うむ」

答えるのにちょっと躊躇した。

「あらあら」とイートンは階段を下りていく。

なんか……俺の顔が熱い。

いや……まあ、いる……よな、風呂。

俺も水風呂でも浴びようかな。

そんなことを考えながら階段を下りる。

わしわしと頭を掻いたら、結構な寝癖に気がついた。

えー……。俺、どんな寝方してたんだよ。

一階では、眠そうな顔の団員が数人固まってなにか申し送りをしていた。交代時間なのだろう。

「団長、おはようございます」

「おはよう、ご苦労」

挨拶を返したら笑われた。ん？と思ったが、寝癖のことだろう。

「風呂入るわ」

「そうしたほうがいいっす。あと、もろもろ確認を」

「ん？　ああ」

え。そんなにひどいの、俺。ひげ？　ひげのこと？

風呂、風呂。

ラウルはまだ寝てんのかな。

昨日、夜にみんなで飲んだり騒いだりしたリビングに顔を出すと、ヴァンデルはソファに座って窓の景色を眺めながらコーヒーを飲み、ラウルはテーブルでなにか書いていた。

「おはよう」

声をかけると、ふたりがこちらを向いた。

「おはようございます」

「おはよう、親友。すごい寝癖だな」

ヴァンデルがカップをソーサーに戻しながら笑った。

「そうなんだよ。ラウル、風呂に入りたい」

「はいはい。ちょっとこれだけ書いてから……」

ぱちぱちと算盤を弾いているラウルを見て、それからヴァンデルが眺めていた景色に顔を向けてふと思い出す。

昨日の夜、満月を見ているシトエンを見て感じたことを。

「なんなら一緒に風呂に行くか、サリュ」

立ち上がって抱き着いてこようとするヴァンデルを「朝からうるさい」と言って突き返す。

「しかしゆっくり眠れたようでなによりだ。公務中はシトエン妃の警護等で気を抜けなかっただろう。この別荘にいる間だけでものんびりすればいい」

ぴん、と俺の寝癖がついた髪を指ではじくヴァンデルを睨みながらも、「そう……なんだよな」と思わずつぶやいてしまう。

今後もシトエンが狙われるかもしれないという状況は変わらないわけで。

シトエンがいなくなる。

消えてしまう。

そんな事態は必ず阻止するが、その過程でもし。もし、俺が死んでしまったら……。

そしたら、シトエンはどうなってしまうんだろう。

理由はわからないが、どうしてもその思考から抜け出せない。

どうにもこうにも執着してしまう。

そんな不安に突き動かされるように、俺は口を開いた。

「なあ、ヴァンデル」

「なんだ」

「もし俺になにかあったら、シトエンを頼むな。ラウルも」

「は？」

顔を上げて聞き返したのはラウルだ。

ヴァンデルは眉根を寄せて俺を見ている。

「いや、なんとなくさ。シトエンってずっと狙われているじゃないか。そりゃ俺がずっと守っていくけど、その過程で俺が死ぬ可能性もゼロではないだろう？　そうなったら……」

「阿呆！」

「だうっ!!」

ラウルが投げつけた帳面が、まともに顔面に当たる。

「ばかやろう！」

「がふんっ!!」

今度はヴァンデルに顎を殴りつけられた。

「な！　なななな⁉」

「なんという短絡的な男か。サリュのことは僕やお前の騎士団が守る。だからお前はシトエン妃だけ守っとけ！」

いつもふざけているヴァンデルが珍しく目に怒りを宿して睨みつけてきた。

「そうですよ、なに言ってんですか。団長がシトエン妃を守っているように、ぼくたちだって団長になにも起こらないように守ってるんですからね。勝手に死んでもらっちゃ困りますよ。あと、その帳面拾ってください。団長」

ラウルが俺の足元に落ちた帳面を指差した。

「お前にとって大事なシトエン妃は、お前が守る。お前のことが大事な僕たちは、お前を守る。それがずっと続くだけだ。そうだろう？」

ヴァンデルがふん、と鼻を鳴らした。

「それに、自分を守って死なれることのほうがシトエン妃にはつらいだろう」

ぐさり、と胸に刺さった。

そうだ。

シトエンが前世で好きだったやつはシトエンを庇って死んだんだっけ……。

その結果、シトエンはずっと悔やんで悔やんで。

「ありがとう、ヴァンデル、ラウル。そうだよな、俺……なんか先走ったな」

俺は笑ってヴァンデルの肩を叩く。

「もしお前に命の危機が迫ったら俺が助けてやるからな！」

「なんと嬉しい言葉か……っ」

「ハグはいらんっ！　顔を近づけるな!!」

「あ」

「なんだよ」

一瞬動きを止めるから、その隙にヴァンデルの腕から逃れ出る。

「はあああ……。もうやってられないな」

ヴァンデルが芝居がかったしぐさで首を横に振り、ドスンとソファに座り込んだ。

「おい、ラウル。サリュに風呂を用意してやってくれ。もう見てられん。昨日奥方にずいぶんと愛されたらしい」

「はああああああ!?」

「あ。団長、ここキスマークついてますよ。あーあー、もう。他の団員に気づかれる前に服を着替えて風呂に……。もう朝から世話のやける……」

ラウルが面倒くさそうに立ち上がったとき、廊下をバタバタと走る音がした。

やってきたのはモネとロゼだ。

「おはよう」

声をかけたがモネは盛大にため息をつき、ロゼは腕組みをして俺を睨みつける。

え。朝からすごい攻撃的じゃないか。

「あのねー、王子。朝からややこしくしないでよ」

「なんだよ、俺が……」

なにしたんだ、と言いかけたら、モネがバッと持っていたシトエンの服らしきものを広げて見せた。

「今日はこのお召し物を着ていただこうと思っていたのに、王子がシトエン様の身体中にキスマークつけるから」

「うぐ……っ」

「服を選びなおしだよ、もう！」

「今日は暑くなりそうだから襟ぐりの開いたものがいいかしらって思ったのに……。あれではプールも無理でしょうね」

「かわいそー、シトエンさま」

「シトエン様、お肌が弱いっていうのに。信じられないわ」

吐き捨てるように姉妹は言い放ち、俺はいたたまれない気持ちで口をぱくぱくさせる。

「あーあー、もう。あっちこっちで迷惑かけて。ほら、行きますよ。水風呂」

ラウルにうながされて廊下に出たとき、パタパタパタと軽い足音が近づいてきた。

「あ」

おもわず声が出た。

シトエンがシーツみたいなものを頭からすっぽりかぶり、イートンに付き添われて移動している。

「あ……」

目が合うとシトエンは真っ赤になって目を伏せ、シーツを深く被った。

「ほらほら、こんなエロ冬熊とあんまり目を合わせてはいけません」

「シトエンさま、一緒にお風呂行こうねー。エロがうつる」

モネとロゼがバカにするから怒鳴りつける。

「なんだ、人を菌みたいに！」

「そうだ！　ぼくの大親友になんてことを言うんだ！」

「お前はなんで抱き付いてくるんだ、うっとうしい‼」

「あーあーもう……。面倒くさい……」

ぎゃあぎゃあと、怒ったり、笑ったり。

気がついたら別荘中が大騒ぎだ。

うっとうしいし、そもそもなんでこんなことになったんだとも思うし。

面倒くさいなと思うこともあるけど。

でも、そんな日々の中でシトエンがずっと幸せに過ごせたら。

イートンたちに連れられ、廊下を去っていくシトエンを眺めながら強く願う。

今世でも、来世でも、君を幸せにしたい。

シトエンのことは絶対に守る。

俺の命にかえても。

だから、シトエンをつけ狙うやつらと。

そろそろ決着をつけねばならん。

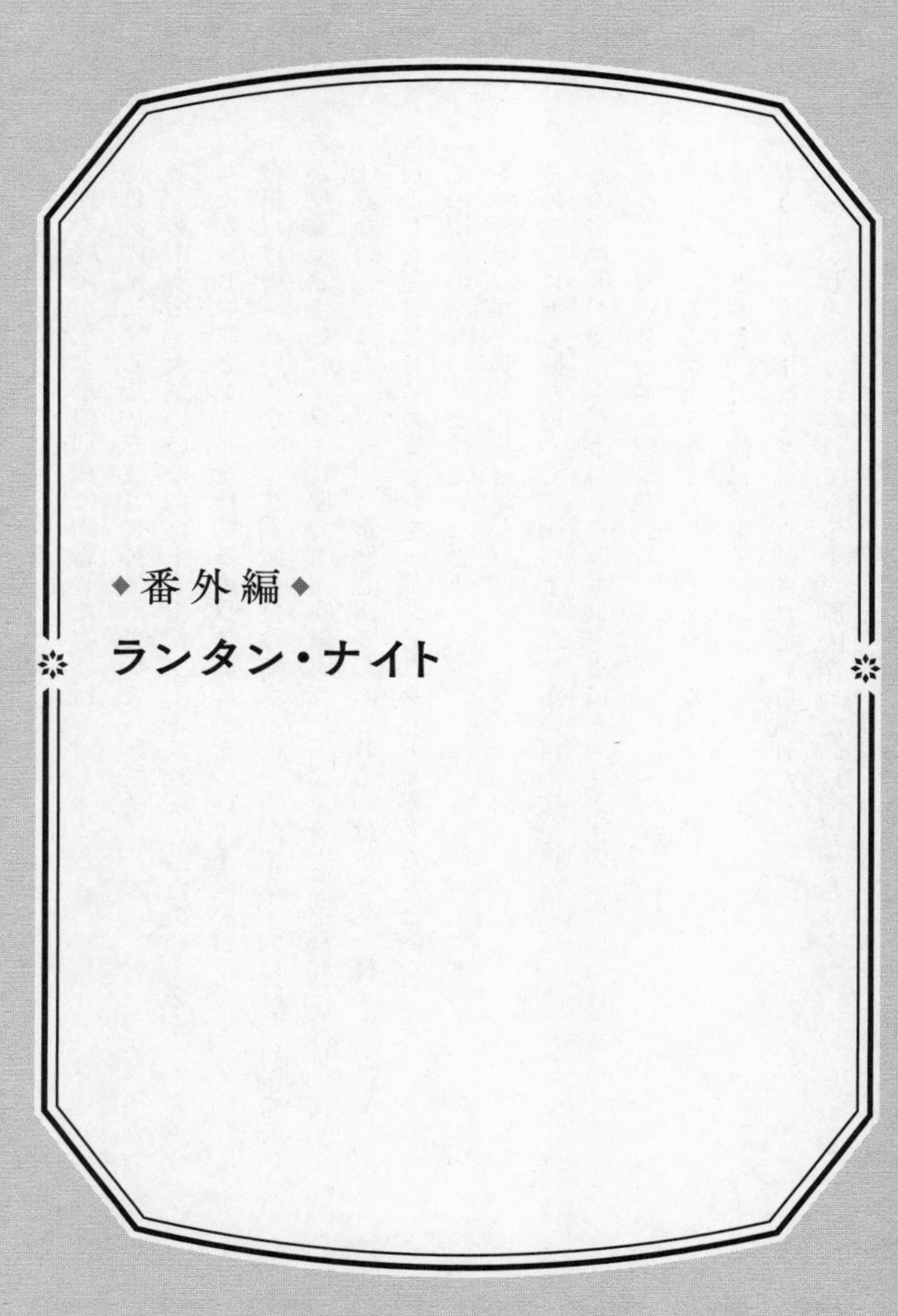

◆番外編◆

ランタン・ナイト

公務を終え、王太子の別荘に到着した次の日。

俺は針の筵に座る思いをまさに体感していた。

「あーあー……。天気いいのになー……。プール入れないんだよねー……」

ロゼがリビングとプールを仕切るガラス扉に手をついて不満を言う。

今日だけで、というかさっき朝飯を食ってからの一時間で二十回は同じ台詞を聞いているが反論できない。ソファに座って本を読んでいるふりをして必死に聞き流している。

「仕方ないでしょう、ロゼ。一番残念がっておられるのはシトエン様よ」

日差しを避けるためカーテンを一部閉めながらモネがちらりと俺を見る。

その視線の冷たいこと冷たいこと！

冬の辺境のブリザード並みだ！

そのあとロゼも振り返って、同じような冷たい目で俺を見た。

「あのエロ熊が悪いんだよね。シトエンさまにキスマークいっぱいつけて」

「そうよロゼ。あのエロ熊が悪いの」

「〜〜っっ、この状況をなんとかしろ、ラウル！」

ばたん！と本を閉じて俺は怒鳴る。

もう針というか氷柱でザクザク刺されている気分だ。

「なんとかしろって言われても……。原因作ったのは団長でしょう」

帳面をつけているラウルは顔も上げやしない。

「謝罪式に出発する時からシトエン妃もプールは楽しみにしておられたじゃないですか。あの姉妹もそうですよ。プールを見た時からテンションが上がっていたでしょ。それを取り上げられたら誰だって文句のひとつも言いたくなるんじゃないですか？」

うぐぐぐぐぐ。

いやそうだ。俺が悪いんだ。

昨晩シトエンの身体にキスマークをいっぱいつけたから。

それを気にしたシトエンは、現在部屋にいる。

プールどころかキスマークが見えない服を探すのが大変で、朝食も返上してイートンと調整中らしい。

「団長も今日はシャツのボタンを外さないでくださいよ。団員が見たらどう思うか」

ラウルがちらりと目線だけ寄こし、自分の喉元を指差した。

う……ぐ。

いや、うん。俺もさっき水風呂に入っていろいろチェックした。

わかってる、うん。

「あーあー……。天気いいのになー……」

ロゼがまた同じ台詞を言ったから、頭を掻きむしる。

「じゃあもうお前入れよ！　お前とモネでプール遊びしろ！　俺が許す！」

「そんなことできるわけないじゃん。王子さま、どうかしてる」

「人としての心がないのね。あ、熊だった」

おーまーえーらー……っ！

シトエンには最大限の敬意を払うのに俺にはそんな態度しかとらねえな！

わなわな震えていたら、バンっとドアが開いてヴァンデルが入ってきた。

「待たせたな親友！　こんなこともあろうかと様々なグッズを用意していたのだ！」

「え。なにそれなにそれ」

ヴァンデルが腕いっぱいに抱えている工作材料らしきものを見て、一番に興味を示したのはロゼだ。

さっきまでのふてくされた態度はどこへやら、てててて、と駆け寄る。

ラウルも立ち上がってヴァンデルのそばに行く。

ヴァンデルは抱えていたものを床に広げる。

薄い紙や絵の具に筆、絵皿やのり、木の板や棒。それから蝋燭もある。

「これでなにをするんです？」

ラウルが首を傾げる。

「ランタンを作る」

「「ランタン？」」

　モネとロゼが声を揃えて尋ねた。

「そうだ。この木の板の四隅に木の棒を立てて、周囲に紙を張り付けて簡易ランタンにする。そうしたら……」

「そうしたら？」

　オウム返しに問うロゼに、ヴァンデルは胸を張った。

「夜、暗くなってからたくさんプールに浮かべるんだ。きれいだと思わないか？」

　想像したのだろう。途端に姉妹は華やかな歓声を上げた。

「では早速ランタン作りにとりかかろう。君たちはこの紙に絵の具で好きな色を塗りたまえ。乾き次第、組み立てようではないか」

「はーい！」

　ロゼは工作材料をテーブルへと運び、モネは絵の具を溶くための水を用意しにリビングを出て行った。

　やっと……やっとあの姉妹から解放された！

　ほっとした俺の肩を抱き、ヴァンデルは言う。

「ふふふふふ。プールを楽しむのは昼だけではない。ナイトプールもあるのだよ！」

　すごく得意げな顔だ。

「夜ならば奥方が人目を気にすることもあるまい。警備ならうちが万全を期す。存分に楽しむがいい」

「お……お前、すごいな！」

プールと言えば陽の光の下、きゃっきゃうふふと遊ぶものだと思っていた！

そんな楽しみ方もあるとは……！

「サリュのことならなんでもお見通しさ。もちろんこのような事態が起こることもな。だからこの別荘でプールを楽しむための策もいくつか考えてある。その策を練るときの喜びと言ったら……。サリュならこうするだろう、サリュならああするだろう、サリュならきっと……」

「耳元でいろいろ囁くな！　というかそんな想像して楽しいか⁉」

「た　の　し　い♡」

「やめろ！　なんで首に息を吹きかけるんだ‼」

その日の晩。

俺は顎からしたたる水を手で拭いながら、やれやれとリビングに入るガラス扉を開いた。

まったくあの姉妹め！　散々水をかけやがって！

「お疲れさまでした、団長」

ラウルが苦笑いで近づき、タオルを差し出してくれる。

まったくだと口をへの字に曲げて濡れた髪をわしわしと拭く。

「いやぁ、想像以上にきれいですね」

月が照らすプールには、いくつものランタンが浮かんでいて色とりどりの光を放っている。

昼間ロゼとモネが苦心しただけあって、淡い光の色の組み合わせが美しい。

ふわふわと浮かぶランタンの光が水面に不思議な色合いを広げていた。

プールに浮かべた簡易小舟には、女子三人が乗り込んで、その景色を楽しんでいる。

イートンはプールサイドで待機していて、時折ロゼが手を振ったりシトエンが呼びかけたりするのに笑顔で応じていた。

俺もさっきまでプールサイドにいて見ていたら、モネとロゼがバシャバシャ水をかけてきやがって……っ。

まったくあいつらは俺が王族だとわかっているのか！

「奥方には楽しんでもらえたようだな」

ヴァンデルがウイスキーの入ったグラスを持って近づいてきた。差し出してくるからありがたく受け取る。

「そうだな、感謝する」

昼ごはん前にはシトエンも着るものを整えて部屋から出てきて、夜になるのを楽しみにしていたぐらいだ。

早朝、顔を真っ赤にしてシーツにくるまりながら風呂場へと走っていかれた時はどうしようかと焦ったけど本当によかった。

「なあ、ヴァンデル」

「なんだ」

「こういう知識ってどこで仕入れるんだ?」

ウイスキーを一口飲んで俺が尋ねると、ヴァンデルがきょとんとしてこちらを見た。

「こういう知識、とは?」

「ほら、ああやってランタンをプールに浮かべたりとか。前はアクセサリーの店で『イヤリングだけ買っても仕方ないだろう』とか俺に言ったじゃないか。ラウルもあの時『両方買うんだ』とかさ」

俺は不思議で仕方がない。

ヴァンデルもラウルも幼い頃からずっと一緒だった。

幼年兵学校も陸軍士官学校も寄宿舎で生活の場が一緒だったから、学んだ内容も同じはず。

それなのに獲得した知識に偏りがあるとはどういうことだ。

「なんかお前らスマートじゃないか。そういうのはいつどこで覚えたんだ」

「どこで……って」

ヴァンデルが困ったように笑い、その隣でラウルが両手で顔を覆った。

「ぼくの育て方が悪かったのかなー……。甘やかしたんですよね、結局。なにもかも先回りして団長自身にやらせなかったから」

「いや、ラウル。サリュの場合ほら、年頃になっても女性が寄ってこなかったから」

「それも含めてぼくの責任ですよ。もっと身だしなみについて口うるさく言っていれば女性も怖がらずに近寄ってきたかもしれません。だってこの人、公爵ですよ？　王子ですよ？」

「しかし……。学生時代、この男は走り回ることと格闘技にしか興味がなかったろう」

「そこもねー……。いずれ年頃になれば目覚めると思って自然に任せたぼくがやっぱり悪かったんでしょうね」

……ラウル。お前結婚もしていないのに、なぜ育児に悩む父親みたいになってんだ。

「なんだよ、なにが言いたいんだ」

むっとしてふたりを睨みつけると、ラウルは肩を竦めた。

「団長は今からこうやって学んでいかれてはどうです？　まあ、他の人はもっと早い時期から学ぶものなんでしょうが」

「気にするな、サリュ。こういうのは明確な対象者がいてこそだ」

「対象者？」

尋ねると、うむ、とヴァンデルがさらに深く頷いた。

「好きな相手のことを思い浮かべ、その相手はいったいどんなことが好きだろうとか、どういう話をすれば喜ぶだろうとか。まずそういった想像力が大切だ。そのためには真に好きな相手に巡り合うことこそが肝要」

なるほどそういうものか。

そういえばイヤリングを選んだとき、シトエンが『わたしを見つめてどっちがいいかって真剣に考えてくれているサリュ王子を見たとき、すごく胸が熱くなった』って言ってくれたなぁ。

スマートさよりなにより、好きな相手のことを一番に考えることが大切なのだろうか。

「僕はいつだって考えているよ」

ヴァンデルは、俺が頭にかぶったタオルの端をつまみ、ちゅ、とわざわざリップ音をたてる。

「サリュがなにを考えているか、サリュはなにが好きか、サリュが……」

「だからそれ楽しいか⁉ ええい、それになんでちょっとずつ近づいて……離れろ、暑苦しい！」

どさくさに紛れて抱き着いてきたヴァンデルを突き放すと、背後でガラス扉が開く音がした。

ぐいっとグラスの酒を呷り、空のグラスをテーブルに置いて振り返るとシトエンがいた。

「大丈夫でした？　ずぶ濡れになったのでは？」

袖なしのワンピースの上からシースルーの上着を羽織ったシトエンが心配げに近づいて来る。

「もうプールはいいのか？」

「また戻るつもりですがサリュ王子が気になって」

ちらりとプールの様子をうかがうと……なるほど。小舟はデッキに寄せられ、モネとロゼ、イートンが待機している。シトエンだけ降りてリビングに来たらしい。

「モネさんとロゼちゃんがいたずらして……。止めたんですけど、本当にすみません」

「いやシトエンが謝ることじゃないから」

慌てて首を横に振る。

シトエンはラウルからタオルを受け取り、心配げに眉尻を下げた。

「まだ随分濡れていますよ。風邪をひかないでくださいね」

そう言ってタオルを広げ、背伸びをする。

おずおずと俺も腰をかがめて背丈を合わせると、シトエンがタオルで優しく髪を拭いてくれた。

目を閉じてされるがままになっていると、タオル越しの指使いとか、シトエンの香りに包まれてこの上ないくらい幸せな気持ちになっていたのだけど……。

「奥方」

「はい？」

ヴァンデルの声に我に返る。

「サリュがずいぶんと気にしていましたよ」

「なにを、でしょうか」

「奥方に対して気の利いたこともできず、野暮で幼稚でみっともなくて……」

「そこまで言うことないだろうっ」

がばりと上体を起こすと、シトエンが「ひゃあ！」と可愛らしい声を上げる。

「いや、あのシトエン……」

「もっとスマートに奥方を喜ばせたいのにそれができない、と。なあ、ラウル。さっきのサリュの相談内容を要約するとそういうことだろう？」

「そうですね。事実その通りですし」

「お前らなあ！」

思わず怒鳴ったのだけど。

不意に手を掴まれて視線を落とす。

「あ……あの、そんなこと、ないですよ?」

シトエンが真っ赤になって俺を見上げている。

「こうやって一緒に過ごしてくださいますし、いつもわたしのことを一番に考えてくださって」

ぎゅっと俺の手を握った。

「わたしの夫はかっこいいし、素敵だと思っています」

ぎゅいん、と俺はラウルとヴァンデルを見た。

そして心の中で叫んだ。

聞いたかあああああああああ!!!!!

お前ら、聞いたかああああああああ!!!!!

俺の――――!　嫁は――――!!

俺のことをかっこいいし、素敵だと思っているそうだ――――!!!!

「……あの顔、腹が立ちますね。ヴァンデル卿」

「まったくそうだな、ラウル」

「ぼくたちがいろいろフォローしたおかげでもありますよね、ヴァンデル卿」

「そのとおりだぞ、ラウル」

「それでまた今夜も寝室で大暴れですよ」

「たやすく想像できるな、ラウル」

「で、明日の朝またややこしくなるんだよなー……」

「どうする、ラウル」

「答えはひとつ」

「うむ」

ラウルとヴァンデルは顔を見合わせて頷き、そのまま俺に近づいてきた。

「シトエン妃。どうも団長の頭がのぼせたようで」

「このままではまた夜に暴れて大変でしょうから」

「はい？」

戸惑うシトエンに、ふたりはにっこり笑う。

そして俺の手からシトエンの手をそっと離した。

そのあと、おもむろに右からラウルが、左からヴァンデルが俺の脇の下を抱えてガラス扉に向かって突進する。

「ちょ……っ！　待て待て待て待てー！」

叫ぶ俺を無視し、ラウルがバンとガラス扉を開ける。

やめろ！　壊れたらどうするんだ、高価なんだぞ‼

そんな俺を無視し、ふたりは俺を両側から抱きかかえたままプールに一直線。

「なななななな、おいっ、ちょ……！」

そのまま俺だけプールに放り込まれた。

ザブンとプールに沈むと、シトエンの悲鳴とモネとロゼの笑い声があがる。

すぐに浮上し、必死で泳ぐ。そしてプールサイドから立ち去ろうとするヴァンデルの右足とラウルの左足を掴んだ。

「おい、サリュ！」

「ちょ……！　団長放して！」

振り払おうともがいているが、放すものか！

そのまま一気にふたりをプールへと引きずり込む。

だばんと大波がプールに起こり、しぶきが至る所に飛んだ。

プールに浮かんでいたランタンは一斉に倒れ、沈んでいった。

「ちょっともう！　なにやってんのよ、王子！」

「あああ……ランタンが……。あの熊王子め！　殺す‼」

その後、乱入してきたモネとロゼの攻撃に遭い、熾烈な水中戦に発展。

白熱化し、最早誰かの死をもってしか幕引きはないと思われた。

……のだが、最終的に俺たち全員がシトエンに「めっ」とばかりに叱られてあっさりと終結。

プールでドタバタしたことで疲れたのか、その日の晩は俺もシトエンもぐっすりと眠り、次の日はシトエンも昼間からプールを楽しめることになった。

めでたし、めでたし。

……なのだろうか？

あとがき

こんにちは。さくら青嵐です。

このたびは拙作『隣国から来た嫁が可愛すぎてどうしよう。2　冬熊と呼ばれる俺のご褒美はプール付き別荘!?』を手に取っていただき、ありがとうございます。

前巻のあとがきで「それでは、また次巻でお会いしましょう」と平静を装って書いたものの……内心バクバクものでした。

出るのか……？　大丈夫か、いけるのか私、と。

いや、誰よりも二巻を出したい気持ちはありますが、気持ちだけでどうにかなるものでもなく。なのでいま、こうやって二巻が出せる喜びと幸せに打ち震えています。

これもひとえにサリュとシトエンを愛してくださり、たくさんの応援をしてくださった皆さんあってのことです。ありがとうございます。

そして引き続き素敵なイラストを添えてくださった桑島黎音先生。この場を借りてお礼を。透明感あふれる色彩のいきいきとしたキャラクターたちに出会えること、本当にうれしいです。

さて、今回は新キャラがふたり登場しました。

モネとロゼです。

このふたりは、もともとシトエンの護衛をするイメージで私の脳内に現れました。

その後、話を練っていく中でシトエンの命を狙う暗殺者として本文に登場することに。

深く考えて名前をつけたわけではなかったのですが、担当編集さんから「お酒の名前ですね」と言われ、なんとも私らしいなと思った次第です。


私はカクヨムで活動をしていますが、そこに掲載している作品は当然ですがひとりで考え、ひとりで練り上げ、ひとりで公開しています。

一方書籍化にあたっては、担当編集さんやイラストレーターさん、校閲さんや、印刷所や営業の方々などなど本当にたくさんの人が関わって作品が出来上がります。

その中で、新たなアイデアが生まれたり、見落としていたネタに気づいたりと、ひとりではできない活動をさせてもらっています。

そうやってウェブ版とはまた違った『隣国嫁』をこうやってお届けすることができました。関わってくださった皆さまに改めてお礼を。

特に担当編集さん。いつもありがとうございます。私は仕事スイッチが入っているときは営業モードですが、素は結構な人見知りで……。打ち合わせではいつもご迷惑をかけていると思いますが、根気よくお付き合いくださり、本当に感謝しています。

それでは、ドキドキしながらも颯爽と最後にこの言葉を。

皆さん、次巻でお会いしましょう！

令和六年五月吉日　さくら青嵐

隣国から来た嫁が
可愛すぎてどうしよう。

PASH!文庫

ナンパモブがお仕事です。

~フラれに行ったらヒロインとの恋が始まった~

［著］やまだのぼる　［イラスト］成海七海

物語のヒロインと現実のモブ
二つの世界を揺るがす恋が始まる!?

ヒロインにナンパを仕掛けては撃退されることで、主人公達の恋を進める“ナンパモブ”で日銭を稼いでいるB介。しかしある日、いつも通りヒロインに声をかけると、なぜかその子がついてきて——!?　シナリオを壊せば自らも彼女の世界も危険に晒すと知りながら、B介は抱いてはいけない恋心を抱き始める……。ヒロインの幸せと自分の想い、そして世界の中で葛藤する「誰でもない男」の純愛物語。

PASH!文庫

この本を読んでのご意見・ご感想・ファンレターをお待ちしております。

〒104-8357 東京都中央区京橋 3-5-7
（株）主婦と生活社 PASH！文庫編集部
「さくら青嵐先生」係

PASH!文庫

※本書は「カクヨム」（https://kakuyomu.jp/）に掲載されていたものを、改稿のうえ書籍化したものです。
※この作品はフィクションであり、実在の人物・団体・法律・事件などとは一切関係ありません。

隣国から来た嫁が可愛すぎてどうしよう。2

2024年5月12日 1刷発行

著　者　**さくら青嵐**
イラスト　**桑島黎音**
編集人　山口純平
発行人　殿塚郁夫
発行所　株式会社主婦と生活社
〒104-8357 東京都中央区京橋 3-5-7
[TEL] 03-3563-5315（編集）03-3563-5121（販売）
03-3563-5125（生産）
[ホームページ]https://www.shufu.co.jp
製版所　株式会社明昌堂
印刷所　大日本印刷株式会社
製本所　小泉製本株式会社
デザイン　ナルティス（粟村佳苗）
フォーマットデザイン　ナルティス（原口恵理）
編　集　上元いづみ

 Printed in JAPAN　ISBN978-4-391-16219-6